글벗시선 114 황규헌 열 번째 시집

석양의 들녘

황 규 헌 지음

도서출판 글벗

석양의 들녘

황규헌 시집

출간의 빙점

끝없이 순환하고 반복되는 흐름이 우주의 섭리요, 자연의 되돌림인 것 같다. 생명의 삶 또한 그 원리로 아침에 일어나 길을 나서고 나섰던 길로 되돌아오는 것이 하루의 일상이고 평생의 되돌림이 아닐까?

차가운 겨울 높은 나무에는 까치집 몇 개가 쓸쓸하게 매달려 있다. 푸른 잎에 가려 보이지 않던 실체가 앙상한 가지, 겨울의 창가에서 선명하게 드러나 있는 것이다. 그래서 이 세상은 비밀이라는 것도, 숨기고 싶은 것도 시간이 흐르면 자연스레 표출되는 것 같다. 나 혼자만이 묻어두고 싶은 마음도 바람과 산, 하늘과 땅은 속일 수 없는 순수한 본연의 빛이 누구에게도 존재하는 겻이 아닐까? 우리 일상의 삶이 어찌 청정한 곳에만 한정되어 있겠는가? 자연 순환의 비경 속에서 찾아보면 청정한 곳에서 오염된 나를, 오염된 곳에서 청정해지려는 스스로의 관계도 자아 속에서 정화해보려는 쉼을 느끼기도 한다. 선행을 한 것보다 위선의 면모를 발견하기도 하리라. 실패와 아픔이 없는 삶이 없고 불행과 시련을 벗어난 완전한 삶은 얼마나 있을까.

겨울나무의 까치둥지는 우리 마음의 공허한 한 부분인 것 같다. 생식본능을 원하여 번식을 꿈꾸던 계절에는 수시로 드나들었을 지금, 빈 둥지에 마음을 올려놓으면 우리의 일상도 좀 편해질 것 같다. 필요했던 만큼 정성껏 집을 지어 생명을 부화하고 홀연히 둥지를 떠난 까치의 일생과 우리의 삶에서는 뭔가 모순되는 느낌이 있다. 까치는 둥지를 재산 가치로 활용하지 않고 목적이 끝나면 홀연히 떠나 자유를 찾는 반면 우리들의 마음은 소요를 욕망하며 재산의 일부가치로 환원하려는 욕망은 어쩔 수 없는 인간과 자연의 차이이리라. 순수한 것을 순수하게 지향하는 순수한 생명의 자유에서는 조금의 흠집도 찾을 수 없을 것이다. 인간의 소유욕은 언제나 다른 문제를 만들고 변화하는 야망도 느낄 것이기에 위축되고 불안해지며 정서적으로 안정을 찾을 수 없는 끄달림의 유혹도 적용되는 것이다.

요즘은 순수가 결여된 시대, 로봇시대에서 매스컴 정보의 산업화에서 진실과는 관계없이 가상적 인물이 우상이 되고 하루아침에 그 우상이 철저히 붕괴되는 결과 없는 결과의 시대이기도 하다. 모든 것이 숫자로 연계되며 진면목도 알수 없는 틈에서 화려하게 부활하기도 한다. 무관하게 가상의 현실이 진실로 가려지는 가치에 부응하여 가상의 현실이 진실로 포장되기도 하는 속도의 시대이기도 하다. 문학도 종교도 정치도 예술도 그 주변을 배회하며 희망과 절망이 되기도 한다. 그런 가치에서 삶은 표류하기도 한다. 중심이 흔들리는 자아를 어떻게 치환하고 새로운 자아로 가치를 성립하려는 노력이 갈등을 겪는 시대이기도 하다. 그것은 우리가 살아가야 하는 현실과 미래에서 숙명의 숙제이기도 하다.

요즘 첨단과학이나 의학이 무궁한 번영을 해왔지만 환경오염과 새로운 질병은 다변화하며 해결책 마련에도 분주하다. 물질적으로 풍요로운 반면에 육신은 편해졌지만 정신적으로 오는 질병 또한 많아져 안타깝기도 하다. 정신적인 근간이 뿌리째 흔들리고 섬세한 가치의 부분이 혼돈되는 시대에 우리민족의 화합 또한 절실한데 문학이 과연 정서적으로 민족의 영혼을 구현하고 민족통일의 위업을 위한 영역에 어떤 작용을 할 수 있을지 우리의 현실과 미래는 끝없는 질문을 해올 것이다.

끝으로 본 졸작들을 인내심을 가지고 차분히 정독해주신 독자님들께 깊은 감사를 전하며 출간의 서두를 올려본다.

2020년 9월

가을의 접경에서
월혜 황규헌 拜上

차 례

제2부 투명한 시간

제3부 바다의 향연

제4부 삶의 온도

제5부 독새기풀

제6부 새로운 아침의 들꽃향

제1부

불타는 가슴

눈보라 속의 꽃

흐르는 시간 속에 낚시를 드리우고
출렁이는 물결을 바라보면
서산의 해는 기울어
처마 밑을 붉게 물들이고 있네

가고 오는 세월 덧없음을 알건만
허물도 많았던 인생의 하늘 아래
살아온 만큼 같이한 행복과 불행
벗하여 찾아온 삶의 그림자 어찌 잊으리

처연한 달빛에 그리운 숨결 묻으면
매화 향기 어리는 찻잔의 밤
적막을 덜어내는 문풍지 사이로
소란스런 세상 무심히 놓으려니
하얀 눈은 깊은 소식을 열어
순결의 자국 마음에 새겨 놓았네

불타는 가슴

그녀의 가슴에 무늬진 단풍도
이제는 첫서리에 힘을 잃고
부는 바람조차 부담스러운 듯
겸허히 내리려
더 곱게 타오르고 있다

아침 언덕에서 다정하던 들꽃도
향기를 잃은 채 연정으로 불타고
그녀는 샴푸와 린스 없이 샤워를 끝낸다

은밀히 부푼 가슴에 설레던 소녀는
그만 수줍음에 얼굴을 붉힌다
단풍 노을 사랑 그리움
초경을 경험하고 사랑이 붉을 것이라는 예감
그것이 아픔이었는지 모른다

완숙한 중년의 그녀는

자꾸만 거울을 보고 싶어 한다
첫 정을 다 주고 이루지 못한 사랑에
숨기고 살아온 곪은 상처를 짜내며
완전한 것은 없다는 철학을 알아버린
텅 비어만 가는 공허감
무정한 세월을 원망하다
외투를 걸치고 길을 나선다

우리들의 사랑과 계절의 인연은
어쩌면 타오르다 꺼져가는 사색의 무념처럼
낙엽으로 쓸쓸히 떨어지며
흙으로 돌아가는 무덤의 그늘에서
이름 하나 찾으려 맴돌다 가는
바람 앞의 허수아비처럼
나를 외면하고 나를 믿어보려는 몸부림에
가을 속에서 그려보는 겨울의 풍경화인가 보다

산길의 오후

수많은 발자국이 머물다 간
고요한 산길에는
새들의 청아한 리듬이 새롭고
풀벌레는 어디서 숨어 노래하는지
적막 속에 들려오는 애달픈 소리
활엽수가 가득 찬 산중턱으로
가을의 침묵은 지성의 향기로 수려하다

수많은 생각이 모여
삶의 희로애락으로 빗물이 되어 흐르던
숲속의 바람 곁으로
무심한 계절은 철따라 변하고
구절초의 언덕 위에서
시간의 결실은 열매로 아물고 있다

아직 여름의 열기가 가시지 않은
초가을의 따사로움

홀로 앉아 먼 하늘 바라보면
돌고 도는 세상의 순환
억새가 고개 숙인 비탈에는
세월을 숙성시켜 서있는 아름드리 소나무

달빛 언덕의 서정

시인의 간은 저울에 올려도
눈금이 움직이지 않는다
왜일까? 그 처연한 삶
언제 종말의 씨를 삶 속에 뿌려야 하는지
언제 행복해야 하는 것인지
언제 사랑해야 하는 것인지
공허하기만 한 삶에
그저 아름답게 무늬 지는 내면의 영상

누구도 모른다
그대가 흘려야 하는 가슴의 핏빛 노을
직관하여 열어보면 현실 도피자인지
피안의 언덕에서 꿈꾸는 유토피아인지
마른 풀잎 하나에 서정을 알고
하늘이 내린 천성을 살펴보면
현실주의에서 문외한처럼 보이기도 한다

누가 그 정신세계를 알리오
고장 난 모래시계 같은 슬픔
무능력 소유자로 인증된
비판의 고독 앞에서도 담연하고
현실보다 앞서가는 5차원의 세계
정말 미친것 같고 참혹한 생명력이다

애써 달래려고 하지 말라
지독한 정신의 고뇌를
무게를 재려 하지 말아라
혼자 행복해 하는 심연의 깊이를

미쳐있다 보면 우주가 열리고
사랑하다 보면 아픈 가슴
아무도 모른다, 그 혼자만의 서정

그대여 야성의 돼지가 되어
아무 것이나 맛과 멋으로 즐기며
실없는 평에 흔들리지 말고
영혼의 근육만 튼튼히 단련하라

바다의 그리움

선홍빛으로 내려앉는 노을엔
아름답게 살아가며 살다간
영혼의 피 냄새가 흠뻑 젖어 있다
열어보고 싶은 가슴 따스한 피는
언제나 아침노을로 타올라
온 세상 찬란한 빛이 되고
끈끈한 그리움의 빛깔은
눈물로 붉어져 아쉬움만 남긴다

한 시대를 사랑하다 간 보이지 않는 고독
외롭게 새벽을 깨우며
나보다는 많은 생명을 존엄하게 받든
마르지 않았던 신성한 기도
석류가 익어 터져버린 빛깔 능선 하늘엔
구름마저 선홍빛으로 물들이는
수줍은 연정의 홍조가 아름답다

황하처럼 흐르던 눈물을 숨기고
그것이 초목일지라도
피고 지는 꽃일지라도
아니면 생명일지라도
은혜로운 사랑으로 품고 간 아픔

달은 차갑고 밝은데
산은 말을 아끼고 일몰 속으로 멀어지는데
피는 한결같이 붉은데
아침과 저녁노을은
왜 그리 아르답게 아롱지는지
선홍빛의 여운은 이슬처럼 영롱하기만 하다

들꽃의 야성

마지막 남은 믿음으로
가을의 향기로움을 느끼는 것은
들꽃을 스쳐가는 이별의 빛깔

흙과 물 태양 바람이 창조한
숙연한 가을의 깊이에서
이제는 좋고 싫은 것도 희석하여
들꽃으로 응결된 순결을 알고
아름답게 살아야 하는 길을 아는 일
어느덧 나는 가을로 죽어가고 있다

맹독도 정교하게 정제하면 명약이 되고
명약도 잘못 남용하면 병이 되듯
가을 속에서 나를 아는 것은
가장 순수하고 청결한 되돌림의 시간

이제는 믿고 싶다

단풍으로 소진하는 아름다운 과정
누구나 부끄러운 순간에 울리는 진리의 파문
사색의 길에서 다시 돌아오는
과거와 현재 미래 앞에서도
가장 신성한 들꽃의 진한 외침이여

철새들의 교향곡

오로지 목적지를 향해
쉽게 포기하지 않는 근성으로
수만 리를 날아온 철새들의
귀향 본능의 근원을 생각하면
그 외롭고 고독한 정착의 염원에 할 말이 없다
다시 새로운 터전을 잡은 평화로운 눈빛은
맑고 고요하기만 하고
황혼 아래 그들의 군무는 생명의 파노라마
생명의 본연 처에 한 톨의 알곡을 남겨두고
어떤 향취를 못 잊어 먼 길을 찾는 것일까

오늘도 추운 들녘과 강가에서
흐르는 물결을 유유히 거슬러
자유로운 철새들은
일기 예보의 혹한을 즐기려는 듯
인간 세계와는 달리
춥겠다는 인간의 잔정을 허물고

오히려 인간의 삶이 걱정스러운 듯
물 위에 둥둥 떠올라 부리를 깃에 묻고
단아한 오수를 즐기는 무리들
서로의 생각과 믿음은 상황의 환경에
어긋나는 변수가 작용하는가 보다

인간은 땅을 딛고 살아야 하고
철새들의 야성은
물 위에서 빛날 수 있는가 보다
서로의 격정에 애달픈 사랑
생명의 본질은 어긋나는 것이 아니라
서로를 관조하고 이해하는데
자연의 진리는 신비로운가 보다

하루 또 하루

오전의 햇살이 눈부신 덕유산
깊어진 가을 속에 타오른 단풍은
앙상한 가지에 몇 잎 매달려
지순한 순결의 경지를 보여주고 있다

이 시간이 가고 나면
다시 어디론가 떠나야 하는 집시 같은 삶
리조트의 배경은 아직 새벽처럼 적막하고
수액을 뿌리로 내려 사랑을 정리하는 나무
성스런 열매의 내림은
긴 겨울을 견뎌 봄을 맞이하려는지
동면에 순응하는 아름다움이 고맙다

우리가 살아가는 하루도
섬세하게 분석하여 관조해 보면
하루 속에 사계와 일 년 평생이 있고
무심한 세월의 흐름 속에서 있었던

희망과 불안, 방황의 유혹

무엇이었을까? 두려운 걱정의 순간도
이슬 같은 밤으로 투명하게 밝히려
목화솜의 포근한 꿈을 간직했기에
더욱 더 따사롭고 평화로운 한 낮의 햇볕
행복의 빛깔보다 더 부드러운 적막에서
푸르러지려는 강한 생명의 애착은
이별의 아쉬움으로 미안하기만 하다

그대들의 나는

사랑과 원망 미움과 갈등
슬픔과 아픔 그리움마저 보내고
앙상한 나무가 늘어선
쓸쓸한 공원 의자에 앉아
길고 긴 기다림마저 홀연히 떠나보낸
홀로 있는 공간에
안개를 거두며 성큼 다가오는 겨울

파릇파릇 연분홍 봄을 지나
무성한 푸름으로 희망을 일깨우던 여름
마지막마저 아름다웠던 단풍의 노래에
몸살을 앓고 난 후에는
그대들이 더 고마웠다

언제나 혼자라는 믿음 속으로
조건 없이 성녀의 미소로 다가와 준 연인처럼
신성한 존재의 귀한 가치를 느끼게 한

범접할 수 없는 귀한 진리의 약속은
내면에 얼룩지며 스쳐 간 여명
연인의 포근하고 향긋한 체온처럼
고갈되는 생명에 빛을 심어 주던
사랑과 고독 외로움의 산소였다

그대들이 나를 떠나려 할 때
나는 간절히 그대들을 소원했고
내가 그대들을 버리려 할 때
그대들의 기다림과 우주 같은 사랑
촛불로 가물거리는 꿈들이 휘청거리며
길을 잃고 방황할 때
그대들은 연인처럼 다가와
부표처럼 솟아나는 어두운 하늘 등대였다

마음의 풀꽃

아는 것 없이 이 세상에 왔어도
가는 것을 알고 초연해진다는 것은
얼마나 아름다운 존재의 모습인가

흐르는 물도 담수같이 맑아
청명한 하늘을 수채화로 그려낸
가을의 노을 아래서
우리는 다시 한 송이 꽃으로 지고 있다

이른 봄
설레며 아름다움으로 그려보던 세상
꽃길의 거미줄에서
투명한 이슬을 운명인 듯 바라보며
묵묵히 지나온 인생길에는
눈부신 조약돌의 빛살같이
이별은 생각지 않았어도
외로움으로 지는 곱기만 한 낙화

이제 주고받을 것도
남기고 가져갈 것도 없는
가을의 능선에서
하롱하롱 지는 꽃잎을 찾아
우리들의 정은 흔들리는 갈꽃처럼
가고 오는 존재의 의미를 인내한
파란 하늘이 되어
이슬로 젖어드는 아름다운 사랑

3월의 봄비

경칩도 지나고 3월의 중간
이제 잔설의 흔적도 말끔히 녹아내리고
부드러운 흙은 물을 흡수하여
가슴에 품은 씨앗을 부풀려
생명의 조화를 아름답게 하겠다

시름을 덜어보려는 새들은
밝은 눈으로 밖으로 나온 벌레들로
허기를 채우고 둥지를 틀어
번식을 향한 요람으로
자유롭게 교미하며
부활의 완성을 위해 자유롭겠다

돌아오는 항구에서 바다는
향긋한 봄내음에 비단결 머리를 풀어
외로운 중년을 유혹하고
길 떠난 여인은 부풀어 오르는 가슴을 보듬어
청춘으로 살아나는 욕정으로
굳은 살결을 부드럽게 손질하는 허벅지
달빛이 어우르면
향수를 찾아 하얀 속옷마저 내리리라

눈보라 속의 붉은 장미

고독의 가시가 심장을 찔러오면
사랑의 향기는 은은해진다

냄새도 모양도 없는 것이
극약보다 더 독하고
깊은 마음속에서 피어나는
사랑의 뜨거운 불꽃은
파도처럼 솟아올라
자연의 경이로운 일체가 되고

쇳물로 영혼을 정련하여
또다시 부활하는 희망의 사막
인간 한계를 극복하려는
자신과의 싸움에서
사랑과 고독은 붉게 생명을 깨우며
다른 세계를 열어가는 태양의 빛이다

야성의 향기

찬 서리가 내리는 황무지의 언덕
홀로 피어나 그렇게 떠나야 한다면
거룩하고 고결한 자태로
혹한의 눈보라를 넘어 남긴 매혹적인 분노
고통과 진통 속에 몸부림치며
홀로 져야 하는 운명이어야 하는가?

모진 아픔과 슬픔 고통의 사슬을 끊어
참아야 했던 인내의 거룩함은
우주를 사모한 정열의 꽃
긴 밤의 유혹을 송곳 같은 넋으로 달래며
사랑하지 않아도 될 사랑으로
숱한 밤을 태워버린 가녀린 숨결은
가엾은 새가 흘리며 살았던 눈물의 시간

다시 피어나기 위해 들꽃은
뿌리를 흙 속 깊이 돋아 숨결을 고르고

진한 양분을 고결하게 품으며
매혹적인 향기를 꿈꾸다
가슴의 눈물로 잠이 드는가 보다

가엾구나, 그 고독한 몸부림
살아있어도 죽어가는 세포의 마디에
뿌려주고픈 이슬
죽어도 살아야 하는 가혹한 형벌에
운명의 파고는 너무 거칠어
따사롭게 감싸주고 싶은 거친 밤의 눈물
넋이 고달프거든 이리 오렴
야성의 향기 가엾은 사랑이여

덕유산의 안개

여름과 가을의 접경인 덕유산
때늦은 가을장마로
높은 준령에는 짙은 안개가 산을 감싸고
신비한 절정으로 비밀을 품고 있다

청룡이 승천하려는 것인지
호랑이가 포효하며 하강하는 것인지
신선이 머물다 우주와 일체가 된 것인지
알 수 없지만
경이로운 비경에 의혹만 깊어지는 순간이다

역사적으로 신라와 백제의 접경지역
수많은 피의 흐름이 한이 되어
이제는 애증의 숨소리조차
흐르는 물이 되어
달과 별빛을 품고 침묵으로 다가오는 산

이름조차 넉넉하고 포근하여 좋다
누구든 덕으로 감싸주는 온유한 산의 절경
짙은 수림의 육중한 화합에는
민족의 성산이 되어
성현의 어부지리도 놓아버리고
그냥 가슴에 담담한 비취빛으로
과거와 오늘 미래를 초연히 묻고
용기와 희망의 가능을 감응케하는
은혜로운 정경과 기개
산은 선정에 들어 산을 말할 뿐이다

무제(無題)

진달래 봉선화도 떠난 자리
이제는 들국화도 쓸쓸히 지고 있다
화려한 색상과 향기
무엇보다 내면의 비밀을 일깨우며
무난하게 보였지만
빈틈을 보이지 않았던 순리의 변화

그 외면과 실속에서
나는 두 손 모아 감탄하리라

어디 그렇게 스쳐 가는 것이 꽃뿐이랴
초월한 경지의 삶은
어디에서도 아름답고
흔적 없이 초연하기에 보이지 않는 것
늘 겸손으로 허영을 벗으며
가고 오는 것에 유연하고
소리 없이 맑히는 우주의 기운

우아한 의미를 남기고 사라져간 자리엔
품위가 영롱하고 거울 같아
나를 비추는 또 하나의 영혼의 달빛

소홀하지 않은 따사로운 정으로
메마르던 생명은 근원의 보금자리를 찾고
냉정한 이성 속에 따뜻한 가슴
언제나 다가오고 멀어져 가는 곳에서
사랑은 곱게 산화하는 단풍의 흔적이다

보랏빛 연서에는

봄바람 곁으로 피어나는 보랏빛 물결은
저토록 아쉬운 눈물이 남아
심장의 피마저 물들인 보랏빛 향기

청명한 하늘을 바라봐도
부끄럽지 않을 후회 없는 가슴
지나간 세월은 이제 보랏빛으로
온 세상을 진하게 물들게 한다

이 세상 끝까지 같이 있자고
서로 같은 날 잠들자던 약속도
바다를 향해 피어나던 젊은 날의 꿈도
서로를 위해 숨기던 헤아림의 고민도
물 위로 떠가는 종이배처럼
물결에 흔들리며 멀어져간 아쉬운 사랑
산은 산을 부르고
바다는 바다를 향해 넘실거리는 데
종착역에서 멎어버린 열차의 기적은
시간의 강가에서
두 줄기 레일을 타고 반짝거린다

제2부

투명한 시간

모래의 사랑

높고 파란 하늘 아래 모래 위에는
원앙이 일광욕을 즐기고
백로는 흰 깃을 고르며
모이를 찾아 배회하는 비둘기 무리
투명한 물속에는
버들치가 자유롭고
참새는 휠휠 날아 포물선을 그리며
가을 향기를 흠뻑 적셔 들꽃으로 무늬진다

모두가 조화로운 만찬에 편안한 한 나절
끝없이 이어지는 물결을 따라
거슬러 의식이 바다로 향하면
우리는 모두 하나인데
서로가 살아가야할 삶의 터전인데

냇가에는 냇가에 적응한 생명이 숨쉬고
바다에는 바다만큼 큰 생명들
들과 산에는
인내를 조율한 조하가 화려하다

투명한 시간

사색의 창에서 길 없는 길을 찾아
방황의 늪에서 건져 올린
높고 파란 하늘 밑
투명한 공간에서 유영하는
바람의 농도는
티 없이 맑은 단풍을 남겨 놓았다

오로지 자연의 신이 허락한
아름다움의 비경
흙 속에서 뽑아 올린 붉은 가슴은

한 경계를 숙명처럼 여기며
경지에 다다른 신선의 고독한 향일까
아니면 서로 온기를 나누며 살아가는
서민의 애처로운 서정이
꽃보다는 푸른 잎을 선택한 절정
그리운 사랑의 애증일까

아침 이슬을 머금어 투영되는 맑음의 경지
석양으로 더욱 불타는 나뭇잎 밑으로
사랑과 아픔 슬픔과 괴로움이 융화되어
흘러내리는 빛깔 속에
가을은 신성한 의문과 답을 남기고 떠나려 한다

이 세상에는 인위적으로 창조되는 보석보다
성숙한 자연에서 얻어지는
보이지 않는 귀한 가치가 더 아름답고
공감대의 황무지에서
서로가 쉽게 교류할 수 있는
순수한 기치만을 허락한 자유로움 속에
붉은 피는 단풍처럼 곱기만 하고
메마르지 않을 영혼의 공간은
격리되지 않을 사랑으로 풍요롭겠다

종말을 위한 파티

한 잔의 환상도
깨고 나면 쓰라림이었던 것을
노을이 질 때 쯤 만난
질퍽한 황혼의 하늘에는
그리움의 눈물이 더 선명하더란다

사랑다운 사랑을 만나 아무도 모르게 흘리던 눈물
그 사랑을 위해 한 번 죽어버린 젊음은
그래도 아름답고 찬란했던 고뇌의 행복
서로가 빈자리를 남기고 떠난
이별의 계절에는
백로의 쓸쓸한 강이
어둠을 거슬러 갈꽃으로 흔들리더라

오로지 살아야 하는 현실의 바다에
이따금 무지개도 피어났던 것
혹한의 눈보라도 견뎌야 했던 시련으로
가끔은 숨겨진 가슴에서 꺼내보는
운명이라는 혼자만의 슬픔

멍하게 진동하는 가슴의 울림이
거친 파도보다 거세게 몰아치던 바람
그것은 삶을 삶으로 여과해야 했던 순간이었다

과거에서 현실로
다시 일어나야 한다고
다시 깨어나는 몽롱한 환상에서
현실은 미래로
다시 시작하려는 늪지에서
아름다운 노을빛으로 남아야 할 먼 훗날

장미꽃이 아름답지만
그 가시는 날카로운 것
모순이 동반된 역리를 벗어나
장미의 순정을 열어보려는 순결은
피를 부르는 선홍빛 이슬의 아픔
가시보다 더 강한 힘과 용기로 가시를 거머쥐면
가시도 쉬어져 꺾이는 것처럼
두려움 없는 숙명에 희망은 반짝이고
노을도 쉬고 나면 다시 태양으로
산과 바다를 태우며
몽울지는 들녘에서
아름다운 감성을 눈물로 적시는 영혼의 파티

정념의 불꽃

죽음보다 더 열망하는 삶은 어떤 것일까
가파른 언덕길 험난한 고지를 넘어
사막에 핀 선인장 꽃을 보는 순간
지쳐 소진한 솜 같은 몸에서
이슬을 빨아들이는 환상일까

만 번 죽고 만 번 살아나는 것이
하루 일상의 망상과 꿈이라면
한 평생의 거래는
얻고 잃을 것도 없는 본연의 삶인지

하루하루 떠오르는 태양도
주기적으로 둥글게 찾아오는 달도
캄캄할수록 더 빛나는 별도
느낌의 감각 따라 변화하는 빛과 어둠
나를 놓아버린 사랑은
다시 나를 찾아와 사막의 선인장처럼

꽃이 되고 가시가 되려니

한 모금이라도 잠시 갈증을 적셔 갈
생명수의 근원지가 있다면
애증의 강은 끝없이 흐르는 물처럼
바다로 가 다시 돌아오리니
등대의 아늑한 불빛은
길을 찾는 자의 고독으로
어두울수록 빛나는 야성의 몸부림
검푸른 바다는 정답이 없는 파도만 출렁인다

우리들의 겨울 사랑

한파에 식어버린 땅, 밤이 오면
외투 깃에 떨어지는 함박눈도 포근하면 된다
얼어버린 서로의 가슴도
차가운 손끼리 만나 다정히 감싸며
흐르는 눈물만 뜨거우면 된다

나는 너를 사랑하고
너는 나를 사랑하며
어묵 국물을 마시더라도
얼어붙은 가슴이 교류하며
날름거리는 연탄불의 푸른 혓바닥처럼
그냥 타오르기만 하면 된다

언제 우리가 그렇게 뜨거운 적이 있었던가
활활 타오르다 재가 될 때까지
우리의 인연 참혹한 불꽃이 되도록
그리웠던 사람을 만나면

혹독한 눈보라를 뚫고 타오르는 태양처럼
사막의 황무지에서
모래결에도 부서지지 않는
하얀 눈송이로 내리는 뜨거운 눈빛으로
우리들의 사랑이 뜨거워지는 곳에서
모닥불에도 녹지 않는 순결
그런 아픔과 슬픔이면 된다

이른 봄의 서정

서두르지 않아도 되는 화창한 봄 길
사방을 둘러보며 소요하는 곳곳에
파릇한 기운은 대지를 뚫고
가녀린 싹을 내민다

기다리지 않아도 찾아오는 봄
순리대로 변하는 환경에
나른한 오후 햇살에 눈부신 잔물결
생명의 온도는 온유하게 산과 들에서
새로운 청춘의 향연을 준비한다

인생도 흐르고 삶도 흐르는 능선
사랑과 그리움도 넘나드는 하늘
바람은 소리 없이 다가와
마음에 파문의 굴곡을 그리고
다시 또 찾아오려나? 그 사랑의 향기
섬세한 물결로 젖어오는 그리운 모습에
화창한 봄의 유혹은
풍경화 속 한 폭의 설레는 빛깔로 피어난다

들길을 따라

고향 가는 길, 갈대는 한결같다
무성하게 활짝 핀 갈대꽃
황금 들녘이 다가오면
오후의 햇살과
선선한 바람에
성숙하게 익어가는 영혼의 물결

가장 참혹하게 쓰러져도
정신의 원천으로 샘물이 솟는 곳
그렇게 넓게 느껴지던 산야는
이제는 마음 한 자락이다

맨발로 논두렁을 거닐면
포근한 흙의 진실은
알고도 지나치던 잘못된 습성을 말하고
한 순간 맑아지는 정신
눈물로 익어가는 석류처럼 붉다

애기똥풀

산과 들 집 주변에 자생하는 수많은 식물들
때가 되면 꽃으로 절기를 알리고
열매를 맺어 씨앗을 남기며
뿌리와 줄기로 번식하는 경우도 있다

주변에 흔하게 있어 무심히 지나치지만
깊이 알아가며 관찰하면
병을 다스리는 진귀한 약초
뿌리와 줄기 잎 열매 씨앗
사용되는 부분에 이름은 차이가 있으나
민간요법 약재로 훌륭하게 쓰인다

병이 있으면 약도 있는 법
애기 똥 풀꽃은 꼭 갓난아이 똥 같다
까치달이 씨아똥은 같은 이름
속씨 쌍떡잎식물 양귀비목 두해살이풀

식물 전체를 한방에서는 백굴채
위장염 위궤양 등으로 인한
복부 통증 진통제로 쓰이고
이질 황달형감염 피부궤양 결핵 옴 버짐 등에 효과
한국 일본 중국 동북부 사할린
몽골 시베리아 캄차카반도 등지에 분포
줄기의 상처에선 귤색의 젖 같은 액즙이 흐르고
주변에서 흔하게 군락을 이뤄 자생한다

축제의 향기

세상을 바꿔놓은 화려한 꽃들의 나열
깜짝 놀란 새들의 눈은 맑고
힘이 돋는 날개, 깃털은 부드러워진다

한 절기 한 번 경사스런 축제에
여린 감성은 꽃잎에 몇 번 베이고
투명하게 물드는 청아한 서로의 눈빛

하늘은 꽃으로 순화되어 푸르고
바다는 생명의 교향곡으로 들꽃을 반긴다

아, 어쩌면 존재하는 사유의 행복
지성의 관조가 아름다운 날에
대지는 촉촉한 눈물 식물들의 낙원이다

푸른 별빛의 강

푸른 강에 떠오른 달빛은
고운 자태로 물속에 잠기고

별과 달을 사랑하던 사랑은
수심 깊이 반짝이는 그리움
하염없이 바라보는 물결엔
흘러간 시간의 흔적만 고인다

연꽃처럼 피어나는 맑은 마음
바람에 실려 오는 따뜻한 숨결
붓을 들어 내린 획의 침묵에는
또 다른 밤하늘이 깊어만 간다

초승달의 명상

자정이 넘은 시간
버스정류장에는 아무도 없다

막차를 기다리다
막차마저 보내버리고
시원해진 초가을바람을 느끼며
무심한 명상에 잠겨
어둠에 물든 숲을 망연히 바라본다

더위 속에서 얼마나 몸부림 쳤을까
이 가을을 기다리며
아스콘 위로 적막감을 깨우며
분주하게 달리는 승용차들

텅 빈 가슴 언저리는
도심의 달빛에 물들어
젖어오는 새벽에 머무는 적막

별들의 숫자를 헤아리다
차분히 발걸음을 옮기면
잃어버린 시간관념의 흐름은
얼마나 한가한 자유인가
평화로운 밤하늘에 초승달이 예쁘다

장마의 유혹

버스 정류장에서 바라보는 산은
그대 품속 같아 싱그럽다
구름은 하늘에 닿을 듯 산 정상 위에 노닐고
아픈 만큼 성숙해진
푸른 숨결은 이제 절정으로 화려하다

내 청춘에 독사처럼 맹독을 준비하는
숲들이 무성한 여름
내 안의 예리했던 비수는
다시 나를 향해 끝이 날카롭다

철탑 위로 솟은 십자가도
고승의 위엄이 쩌렁쩌렁 울릴 듯한 산사도
아베 마리아 아베 마리아

완숙하고 온유해진 틈새에서
흐드러진 꽃들은 미소의 진언을 전하고
아직 부족하여 알아듣지 못하는 밀어
예사롭지 않은 장마에
수증기를 응결하는 구름은 심상치 않다

텃밭에는

도심의 외각 진 곳에서
하루를 보내는 사람들은
서로 허물없이 대화를 나누며
작물을 정성껏 심고 밝은 표정이다

농사는 하늘이 반을 져준다는데
풍작과 흉작에 개의치 않고
그냥 최선을 다해 묘목을 심으며
그래도 농심의 반은 닮으려는 듯
착한 마음으로 서로를 격려한다

근접한 산은 슬며시 내려와 농심을 거들고
근면하고 성실한 하루를 찾아
그늘에 앉아 있노라면
수많은 꽃과 그리고 새들의 지저귐
마음의 농사는 어느덧 풍요롭고
서로 만나고 헤어지고
다음을 약속하는 맑은 인정에
오후의 햇살은 들꽃 위에 앉아
허름한 초가집을 그리고 있다

봄날 오후의 뜨락

오후 햇살에 물이 오른 가녀린 싹 잎들은
점점 잎의 면적을 넓혀 완성을 꿈꾸고
황량하게 드러난 대지의 공간을
푸른 녹음으로 채운다

어려운 고비를 잘 견뎌낸 꽃들은
탐스럽게 피어
공간을 색색으로 채색하고
소리 없는 작용은
어찌 인생의 거울이지 않으랴
묘연한 가운데 찾아오고 견뎌야 하는
모순의 희로애락을 따라
행복 속에 불행도 오고
불행 속에 행운도 있어
행운의 무지개는 숨어 있다가
아무도 몰래 스쳐 가는 파랑새의 눈물 같다

투명하게 기억되는 우리의 삶은
이른 아침에 내리는 영롱한 이슬
햇살 아래 흔적 없이 사라지는 수분은
우리네 가슴의 눈물인 듯 맺히고 마르다
자연의 순환에서 터득되는 지혜의 힘
꽃과 숲이 어우러진 찻잔에는
고요한 명상만 안개꽃처럼 서린다

가을 편지

가을이 깊어지면 편지를 쓰고 싶습니다
가슴이 답답해서 그런 것이 아니라
울적하게 살 내음이 그리워서가 아니라
단풍의 무늬에 젖어
그려보고 싶은 삶이 아름다워
누구에게나 편지를 써보고 싶어집니다

그냥 잘 살고 있느냐고
삶이 외롭지는 않느냐고
모든 역경을 견디고 살아 있어 고맙다고
높고 푸른 하늘에 적어보고 싶은 편지

사랑도 아닙니다
미움도 아닙니다
그리움도 아닙니다
애증도 아닙니다

그냥 생각나는 대로 쓰다가
그립고 보고프면 지우고 또 쓰며
아픔의 과거에서 찻잔을 비우다가
좀 더 사랑해 줄 걸
좀 더 따뜻한 가슴이 되어 줄 걸
부끄러운 후회로
못다 한 그리움을 적어
간절한 기도의 엽서를 곱게 그려
바람결에 띄우고 싶어집니다

푸른 사전

가랑비에 옷을 적셔도 좋겠다
초록의 풀잎들은 선정에 든 듯
투명한 물방울을 살며시 이고
더욱 겸허히 낮은 곳으로 향해
푸른 가슴을 열어 향긋한 미소다

메마른 대지를 촉촉이 적셔주는 가랑비
나뭇잎은 속삭이듯 고개를 숙인다
서로가 조우하는 고요한 시간
우리에겐 감정의 정서가 숙연하다

서로가 깊은 곳에서 교감하는 곳으로
새록새록 돋아나는 야성의 푸른 자리
언제나 머물고 싶은
편안한 영혼의 수평선에는
이슬 같은 샘물이 흐르고
땅과 하늘 바람과 구름이 여유로운 곳으로

지저귀는 새소리에 젊어지는 심장
채근하며 깊은 곳으로 오라는
상서로운 속삭임은
마르지 않는 생명의 요람처
숲은 구경각에 든 보살의 법향으로
무거운 물방울을 토로로 굴리고 있다

제3부

바다의 향연

가랑비 속의 빈잔

그렇게 약속했던 가슴의 피도
물거품으로 사라지고
파도는 가고 하늘은 맑구나

사랑은 한 줄 별빛이려나
식어버린 찻잔에 내리는 비
서로를 용서하고 남은 햇볕 아래
씨앗을 뿌려 흙을 돋움은
아직 남은 사랑이려니
창가엔 푸른 달이 솟고
별빛은 가슴에 살아 있구나

그대여 술 한 잔이면 어떠리
차 한 잔이면 어떠리

바다의 향연

달빛서린 창가의 소녀의 꿈은
비밀스런 동굴을 지나
여명의 빛으로 울음이 울 때
찬란한 빛으로 곱게 잠을 깬다

처음도 없고 끝도 없는 황무지에서
사유하려는 문화의 혁명은
청아한 종소리의 울림으로
세상을 환하게 깨울진대
혹여 아름답거든 이념의 나들목이라 부르리

맑은 눈과 귀가 향기로 열리기를 바라는 마음
홰를 치는 수탉의 직감 속에 열리는
찬란한 바다에는 희망이 있고
시간과 공간을 초월한 예지는
우리 모두 천 년의 파노라마
촛불처럼 타오르는 의미로 고적하지만

등진 태양 아래 후광의 그늘에는
다시 피워내고야 말 가슴의 모닥불
부푼 가지에 둥지를 튼 우리들의 세계에는
따뜻한 정만 흐르네
지순한 사랑만 눈처럼 쌓이네

심연의 사랑

다시 한 인연을 믿는다는 것은
내가 자신을 믿고 선택한 사랑의 전부이다
상대가 잘못해도
상대가 실수를 해도
상대가 비수를 가슴에 꽂아도
그것은 내 믿음으로 나를 해한 것
심연의 믿음에는 티끌 하나 없이
정결하고 고결한 것이다

넓은 헤아림으로 끝까지 가야 할
아픔과 고뇌 슬픔과 괴로움도
모두 짐 져야 하는 결단의 장고에는
얼마만큼 시간이 흘러야 했을까
얼마나 큰 사랑이 넘쳐야 하는 것일까
인더스 강 황아 강을 찾아
수천 년 흐른 물결의 침묵 앞에서
수없이 변화되어 싹이 튼 문명의 발상은

인류의 빛으로 넘실되던 기다림의 희망

눈보라 폭풍우가 몰아쳐도
천둥 번개가 일어도
흔들리지 않아야 하는 확고한 믿음
그 척박하고 거친 강가에서
선택한 인연을 믿으며 기다리는 것은
내 자신과의 약속
이제는 되돌릴 수 없는 숙명인 것이다

하얀 밤의 사랑

조용히 걸어가는 이른 봄 길 하천에
어둠이 내리고 차가워진 밤
원앙과 백조도 떠나고
물결 위에는 가로등과 별빛도 맑다

그대를 보낼 때도
그대를 만날 때도
항상 그랬지요

세상은 명암이 분명하고
이별과 슬픔 아픔이 있고도 없다는 것
그대가 있어 행복했고
그대가 가고 없어도
그런대로 견딜만한 향기

사랑은 있고 없음을 초월하여
아름다운 빛으로 잦아드는 것

이제 꽃이 핀다오
그대의 살가운 미소처럼
오로지 그대의 품위를 닮아 야릇한 향기
꽃은 그렇게 피다가 진다오

숲 속의 향기

오랜만에 걸어가는 노을의 오솔길
깊은 숲으로 들수록 맑은 산소
야릇한 향기의 유혹은 산뜻하다

계절마다 순환되어 피고 지는 꽃들
아카시아의 하얀 향기에
이제 밤꽃도 피겠다

굳이 나를 내세우지 않으면
청결하게 나를 지킬 지혜의 힘을 얻듯
산 속에 묻히면 고요하기만 한 세상사
인적이 끊긴 고요한 곳으로
생명수의 흐름은 깊기만 하다

어느새 부화 했는지 겁 많은 새는
참나무 깊은 구멍에 둥지를 틀어
재잘거림이 순수하고
멀리서 들려오는 꿩의 소리
물을 찾아 나온 노루의 쫑긋한 귀는
녹음의 바람조차 경계함인지
긴 목을 들어 야성의 눈빛이 예리하다

마지막 불꽃

혹독한 눈보라를 뚫고 피는 꽃
마지막 사랑이라면
영혼의 불꽃으로 타올라
불새의 넋으로 그리움이 되고 싶다

그것이 설원에 피는 하얀 설 연화
당신의 의미라면

고요한 밤하늘에는

수많은 별이 초롱초롱 빛나는
시골의 고향 하늘에는
철없던 흔적들이 아리게 젖어온다

유년 시절 꿈을 감싸주던 부드러운 흙
한없이 굴러 내리던 언덕진 동산
잔인하게 허리를 잘라
불에 굽던 개구리의 다리
그래도 살겠다고 내장을 끌며 엉금엉금
앞발로 기어가던 상상이 살아나면
허리의 피는 섬찟 하기만 하다

폐병에 약이 귀하던 시절 뱀을 잡아
장대에 목을 옭아매
십 원짜리 동전과 교환된 귀한 생명
그러나 환자도 회생하지 못했고
끓는 솥에서 뱀도 푹 삶아진 채 죽었다

고향 하늘을 보면 유년시절
이유 없이 참혹하던
잔인한 야성을 흙에 묻어두고 싶고
천진하기만 했던 어린 꿈을 따라
신작로의 울퉁불퉁한 길에 피던
울긋불긋 코스모스를 생각하다
넓은 들판을 바라보면
야성도 익어 고요히 고개를 숙인다

상강(霜降)

사람들은 자신을 알리려 무진 애를 쓴다
예술인은 혼신을 다한 작품으로
정치가는 진실 같은 처세술로
연예인은 무한한 표정연기로
스타를 꿈꾸는 스포츠는 자력과 타력의 힘을
어쩌면 이 세상은 광대가 펼쳐놓은 퍼즐 같다

나도 그런 부류의 성향이었는지 모른다
그러나 이 가을 속에서 여무는
알곡과 열매의 침묵을 들여다보면
얼마나 부질없는 허영의 되돌림인가

졸작의 쑥스러운 만용으로
여물지 못한 설익은 낙과처럼
갖추지 못한 품위의 한계에서
무수히 방황하다 쓰러지는 욕망들

계절은 언제나 알맞은 적응을 원하고
자연은 언제나 현실의 진리인데
언제 더 짙은 채색으로
산과 들은 울긋불긋 물들려는지
부끄러운 자화상은 낙엽처럼 흩날린다

활화산

과거의 가을은 생각하고 싶지 않았다
그렇다고 다가오는 가을은 더욱 싫었다
또 이 가을이 가고 해마다 찾아오는
미래의 가을은
아픈 병 같은 것이어서 지워버리고 싶었다

지나간 가을은 상처와 섞인 진통이었고
현재의 가을은 머물지 않는 냉정함
미래의 가을은 마음의 텃밭일 뿐이었다

황폐한 어둠에 얼굴을 묻고
지나간 시간에 스며드는 흔적
봄, 여름 가을 겨울이 온들
사는 것은 일정한데
우리는 무엇을 위하여 기다림에 목말라 하는가

봄의 청춘이 생동의 환희라면

여름은 정열일까
가을 앞에서 숙연히 기도에 드는 것은
성숙한 마음으로 쉬고 싶은 겨울

다음 가을이 오면
연인에게 엽서라도 보내고픈 생각에
벌써 가을은 붉은 단풍으로
가슴을 휘저으며 이슬 꽃으로 피고 있다

단풍의 연서

가을이 언제 왔나 했는데
이 가을도 가고 있습니다
사색의 창가에서
풀풀 날리는 단풍의 빛깔처럼
내 안에서 농익는 사랑을 찾아보려 가슴을 열면
그렇게 고운 빛이 아니었는지
하얀 백지 위에 투명한 이슬이 고여 옵니다

때로는 아파하고
때로는 고뇌하며 방황도 하고
때로는 흘리지 못한 눈물로
아롱지는 선연한 이별의 색상들

지금 우리는 돌아오지 못할
강과 바다를 넘어
망연히 하늘을 바라보고 있는지 모릅니다
과거는 지나 기억 속에 초라히 서 있고

현재는 머물지 않고 금세 지나는 까닭에 아쉽고
미래는 막연한 인연으로
서로의 기다림이 되고 있습니다

이 가을엔 오면 모두 버리고 비우고 싶습니다
청한 눈빛 하나 빈 가지에 걸어놓고
사무친 그리움으로
이슬 위에 부서지는 별빛을 안고
머지않아 찾아올 겨울의 설원에서
누군가의 뜨거운 눈물이 되고 싶습니다

가을 엽서

산과 들은 시를 써놓고 그림을 그려 놓았다
조용히 감상하며
가을 정서와 사색에 잠기노라면
어느덧 젖어오는 단풍의 이슬
눈가엔 낙엽의 서곡이 아련하다

천연색으로 마감된 그림
바람에 나부끼는 한 줄의 고운 시
붓끝의 획으로 내려지는 묵화
맑은 물은 흘러만 가는데
가슴은 잠시 멎어 호흡을 고르고
무상한 세월의 흐름에
길을 잃은 이정표를 남길 뿐이다

무엇을 쓰고 그리고 표현하려 애를 쓰는가
자연적으로 완성되는 천 년의 예술
애틋한 이성으로 청결해지면
온 산하가 서로의 공감의 언어
교감으로 채색 되는 서로의 사랑인 것을

석류 빛 하늘

황금빛 들녘을 점령한 야성이
감성의 바다에서 불타오르면
가을 앞에서 지성의 감각은
정숙한 갈증으로 농익어간다

투명한 유리창에 물드는 파란 하늘
서로의 가슴에 노을 지는 호수에는
잔잔한 파문이 내면을 깨워
성숙한 눈물이 아롱지는 수면에
달빛도 별빛도 쓸쓸하기만 하다

투명한 의식 속으로
강과 산은 청춘을 덜어
차분해지는 여인의 발걸음에
고독의 흔적을 붉게 물들이고
먼 길에서 방황하다 돌아와
사색의 창가에서 서성이는 남자의 계절
예리한 야성의 절벽에선
향기로 젖어오는 여인의 향취가 그리워
외로움의 선율이 강물처럼 출렁인다

단풍의 뜨락에 서면

미치도록 고운 색상으로 화려한
가을 앞에 서면
흐르는 피마저 뜨겁게 채색되어
그리운 모습들이 더 그립다

꽃은 피어 향기를 남기지만
울긋불긋 단풍은 꽃을 위해 인내한 사랑
안으로 머금은 향기인지
온몸을 태워
향기보다 더 진한 향기로
눈시울을 이유 없이 젖게 한다

태양처럼 붉게 타오른 수난의 고비를
영혼의 절정에서 뽑아낸 듯
연주되는 악보 없는 선율은
어느 이의 가슴일까
사랑보다 곱고 이별보다 뜨거운

외롭고 착한 처연한 몸부림이다

누구나 그 모습을 보라
악해질 수 없는 여지가 없는 자연의 흐름
착한 생명들이 그렇게 가슴을 태우다가
멀어져가는 아득한 미련에
흐느끼는 순간의 눈물로 삶은 아름답고
악을 소진하여 본연의 선한 의미를 알 때
가을은 멈춘 이성을 깨워
새로운 약속으로 남겨지는 황금의 침묵일까

마지막 계절의 사랑

들녘의 가을 길을 걸으면
유혹하는 단풍 속으로 깊이 들어가
한참 머물다 돌아오는 황혼 길에
겹겹이 쌓인 고운 입자들을
조심스레 가져와
사랑의 침대를 만들고 싶어요

별이 보이는 투명한 지붕 아래
흐르는 당신의 눈물에서
깊어만 가는 가을
서로 알몸이 되어 가을의 순결로
울긋불긋 단풍의 옷으로 갈아입고
서로가 모질도록 소원한 사랑
천 년 같은 시간 붉고 노랗게 태우고 싶어요

구차하고 삭막하게 지속되는 사랑
영원히 오래 변함없는 사랑도 좋지만

정말 귀한 사랑은 티 없는 단풍처럼
모든 것을 소진하여
천 년 같은 사랑을 짧은 순간으로 완성하고
서로의 영혼을 선홍빛 물결 속에 묻으며
순환되는 계절의 의미

당신과 천 년을 같이 잠들고 싶어요

사랑 합니다, 이 가을과 당신
이슬 같은 영혼으로 쉬어가고 싶은 능선에서
서로의 밤이 깊어지면
들꽃의 향기로 당신의 가슴이 되고 싶어요.

버려진 생리대를 보며

한참 청춘이 들끓다 달빛에 흘러내린
검붉은 핏자국에는
모성의 자궁에서 꽃이 피려다 만
장미꽃 같은 순결
의미하는 것은 무엇이었는지
더러움보다는 신성한 생명의 숨결이
선홍빛 그림자로
음지의 영역에서 양지를 찾아 빛난다

하얀 백지 위에 그려진 생명의 지도
태어난 곳에서 떠나야 하는 시간이
언제인지는 모르지만
한 번은 잉태하고 속이 썩어도 사랑해야 할
번식의 요람 앞에
운명과 숙명의 그늘진 고독은
비밀의 숲과 무덤을 만들어
다시 사모곡의 선율로 푸른 바람이다

더럽다고 하는 것이 썩어 신성한 토양이 되고
썩고 삭아진 물을 빨아올려
비옥한 가슴으로 걸러내는 꽃의 향기
열매로 맺히는 눈물은
언제나 아름다운 꿈으로 세상을
너그럽고 온화한 비경의 슬픔을 주고
생명의 근원에서 화현하는 사랑은
한 번 더 들끓어 모성을 자극하는가 보다

잠 못 이루는 밤은

육신에 달라붙어 같이 살고 싶어 하는 종양이
이제는 암으로 발전하여
꼭 같이 있고 싶다고 고백을 한다
서로 용서하며 사랑하며
좀 쉬었다 가고 싶다고
파란 물결로 파도쳐올 때
그녀는 일어나 새벽 커튼 사이로
푸른 바다와 만난다

제주 바다는 여명을 거두고
이슬은 내려 고요한 소리로
꽃의 가슴에 향기를 만든다

참혹하게 시린 시간을 견디며
열심히 살아 어렵게 대학도 나오고
사랑하는 사람도 만나 맺어진 열매
외동딸은 수심이 깊은가 보다

누구보다 건강히 곁에 있어 달라고
침묵의 황금 건반에 사무치는 선율을
다시 그리고 지우는 사랑의 눈빛

일어나리라
종양과 화해하고 그 병보다 깊게
삶을 사랑하여 눈부신 태양 앞에 서는 날
바다가 되어 꼭 잡고 싶은 딸의 손
이 세상에는 아픔도 있지만
아픔도 기다리며 이해하면 약이 되고
사랑 속으로 멀어지는 아쉬운 이별
아득한 새벽 바다에는 등대가 반짝거린다

제4부

삶의 온도

그대의 초상화

하늘마저 푸르고 높아
사랑조차 잃어버려도 좋은 계절
가을이 오는 길에서
서로 마주치는 눈빛은
숙연하게 고개 숙인
이름 없는 사랑이다

청운의 꿈조차 구름이 되어 떠가고
나룻배에 내리는 허전한 마음
호수를 거니는 백로는
하얀 그리움을 남기고
그대를 생각하는 마음
산 그림자를 수심 깊이 안은
잔잔한 물결은
그대의 고운 미소로 피어난다

삶의 온도

사랑하는 방법이 달랐어도
한 포기의 잡초라도
한 몸처럼 교감할 수 있었다면
행복을 알았을 것이고
부를 누리고 살진 않았지만
하늘과 땅을 품어 풍요로울 수 있었다면
곤궁한 현실에서 그래도 넉넉했으리라

아침 풋풋한 풀잎에 앉은 이슬을 보며
감사함으로 존재의 이유를 깨닫고
외롭고 고독했던 시간마저
내 안에서 물처럼 흘렀다면
영롱한 흔적으로 맺히던 고뇌
투명한 눈물로 마시던 하루의 시작도
사랑의 의미로 물들어 가던 노을
만나고 떠나는 인연의 사슬에서
꽃 한 송이는 가슴에 피어

삶의 흔적은 황홀하더란다

우리 모두 연인처럼 지내다
석연치 않은 이유로 이별이 온다 해도
한 그루의 나무를 심을 줄 알았고
우리의 바다에 몰아치던 바람도
세월이 지나면 가로등으로
외로운 밤길에서 반짝이는데

밤안개가 자욱한 날에 왜 그리웠을까
이제는 자꾸만 떠나고 싶은데
무얼 하나 그려 넣고 가야 하나
너와 나의 부두에 샛별은 초롱초롱 빛나고
아롱지는 바다에 돛단배처럼 떠가는 사랑

가슴의 온도

만날 수 없어도 사랑하고 싶은 사랑이 있다
그리움 위에 이슬로 젖어오는 지성
아름답고 고운 영상에 흠뻑 스며
비경의 색감이 뚝뚝 떨어져 채색되는
그대의 풍경화가 되고 싶다

그대의 부드러운 손끝에서
따스하게 전율되던 숙명의 교향곡
맑은 눈빛 정열로 타오르는 입술
키스를 거절해도 좋은 수줍은 순결은
멀리서 생각해도 순화되는 감성
짜릿한 야성의 파고를 넘어
따뜻한 체온의 호흡을 느껴보고 싶다

아, 사랑은 정열로 타오르는 붉은 장미
네 가슴에 바늘구멍보다 미세한
깊은 상처를 만들고

아픔 속에서 그윽한 눈빛으로
그대를 바라보는 일
상처가 아문 곳으로 숲은 돋아나고
푸른빛이 감도는 그리움의 온도

먼 곳에서 노을로 익어가는
환상의 날개 위에서
내 가슴의 피는 영산홍처럼 붉다

그녀의 겨울

함박눈이 쏟아질 것 같은 흐린 하늘
겨울나무들은
하고 싶은 말을 거리에 묻고
지나가는 길손에게
하얀 손을 흔들어 순결을 알린다

늘 아프다는 그녀의 전화가 올 시간
벅차고 힘들어도 살아야 하는
하루하루의 일정은
그녀를 다시 존재하게 하는 고통의 미학
세상을 혼내주려고 태어난 듯 하는 정의로움이
이제는 좀 온유해진 것인지
아니면 촌각의 여유마저 잊은 것인지
그리운 그녀는 조용하게 침묵하고 있다

흰 눈이 내리면 말해 주련다
조금은 쉬어갈 차향도 만들고

안온한 마음 속 움막도 만들어
바다의 파도와 힘차게 솟는 태양도
아름답게 지는 석양도
그윽한 선율의 공간에 담아
잃어버린 추억까지 쉬어갈 모닥불에
늘 행복하기를 기원하는
엽서라도 그려 보내주고 싶은 그대여

낯선 터미널

와본지 오래인 터미널에
가을이 깊어가고 있는데
사랑하는 연인과
헤어져야 하는 시간은 자꾸만 다가온다

벌써 들판은 탈곡을 끝낸 곳도 있고
아직 수확을 기다리는 누런 벼들이
들녘의 황금물결에 취해
조심스레 숙인 머리로
만삭의 배를 바라보는 모성처럼
정결한 품위로 가을을 보내고 있다

이별은 다시 만남을 위해 존재하며
사랑은 성숙해지기 위해 따사롭고
떠날 준비를 하는 버스에 올라
쓸쓸한 창가에서 손을 흔들며
바라보는 그대 모습

가을은 이별의 계절인가보다
성숙한 아픔으로 인내하고
숙연하게 지성의 의미를 수놓으며
10월의 중순 하늘을 바라보면
파란 구름이 물처럼 흘러가고 있다

우리의 아침

그대가 아프면 같이 아프고 싶고
그대가 괴로우면 같이 고민하고 싶고
그대가 기쁘면 밝은 아침을 맞이하고 싶어

그대가 너무 괴롭고 아픈 날엔
나는 냉정을 찾아 더 건강을 꿈꾸며
언제나 그대를 돌봐주고 싶어

왜 그런지 모르겠어요
같은 행복을 누리고 싶지만
서로가 상대성으로 남고 싶은 것은
오로지 같이 가야 하는 험난한 세상
매일 손잡고 따뜻하게 걷고 싶은 소박한 마음

타고난 운명인지 그대는 바쁘고 허약하지만
같은 숙명이라면 너무 끔찍합니다
내가 아프고 힘들 때 당신이 건강하고

그대가 힘들고 버거울 때
난 등대의 불꽃으로 타올라
우리의 삶이 그냥
비취빛 하늘 파란 젊음이었으면 좋겠어

아침 공원

모란과 장미가 활짝 핀
폭염이 내리기 전 이른 아침
공원에는 부지런한 사람들이
서로 살가운 미소로 묵례를 남긴다

아침 햇살에 반짝이는 물빛은
투명한 유리조각처럼
푸른 하늘을 반사하여 아름답고
춥지도 덥지도 않은 알맞은 온도
하루의 일상을 담고 흐르는 냇물에
새들의 노래도 겹 들여져
평온하고 상쾌한 하루의 시작이다

사랑도 가고 세월도 가겠지만
시작된 아침도 가고 밤도 오겠지만
기다리고 싶은 그리운 모습들
흔들리는 물결에 흘려보내면

어디쯤일까? 시뿐이 다가오는 발자국 소리
민들레 꽃씨처럼 날아오른 영상 위에
다시 뜨겁게 피어나는 빨간 장미

함께 하자는 아름다운 약속에
물안개는 수줍게 서리고
침묵으로 관조하는 희망의 빛을 보며
호수에 잠겨가는 먼 산을 바라보면
원앙은 자유롭고 백조는 한가로워
무지갯빛 가슴이 곱게 여울진다

가엾은 새는

높은 창공을 날아 자유롭게
언제나 행복했으면 좋으련만
깃을 세우고 하늘만 바라보며
날지 않는 새 한 마리

무엇이 그렇게 사무친 것인지
무슨 그리움이 그리 깊은지
맑은 눈빛을 감춘 가슴에는
아침 이슬의 선율이 가쁜가 보다

사랑은 아픈 것이라서
이별은 아름다워야 하는 것이라서
꽃잎에 차분히 내리는
세월이었으면 좋으련만

새야, 새야 그 젖은 가슴을 보여 주렴
아린 상처에 돋아난 눈물도 보여 주렴

별빛의 언덕

억새꽃이 진다고 울진 말아요
계절이 바뀐다고 슬퍼하지 말아요
외로운 여심이여
서글픔 한 자락 구름으로 떠가는
노을의 언덕에서
쓸쓸한 눈물은 보이지 말아요

사랑의 상처가 억새풀처럼 흔들려도
아파하지 말고
소나무처럼 변치 않는 믿음으로
푸른 하늘을 바라보아요

안개가 걷히고 나면
등 뒤에 따사로운 태양의 속삭임
억새꽃 품에 기대어
지난 일들을 잊어버리고
그래도 선택한 사랑은 아름다웠다고
숲길의 빈자리에 영혼을 얹어놓고
돌아오는 길에 살며시 가슴을 열어보아요

천상의 음계

늘 한결같이 곁에 있어주며
내 영혼을 사랑한 고결한 연인의 숨결은
이슬처럼 맑고 옹달샘 물처럼 투명하다
언제나 같이 있고 싶고
영원한 사랑으로 간직하고 싶은 인연
소중하고 귀한 당신을 사랑 합니다

숲길을 걸으며 그윽한 서로의 눈빛으로
파란 하늘의 싱그러운 청운을 그리고
바다에서, 보이지 않는 진실한 믿음으로
수많은 모래성을 쌓으며
깊고 푸른 강으로 돌아와
영혼을 포근하게 묻어보고 싶은
당신의 따사로운 가슴

비취빛 계단을 따라 손잡고 오르고 싶은
먼 하늘 융단처럼 부드러운 구름 위에는

곁에 있어도 그리운 당신이 그려지고
영상으로 피어나는 무지개의 언덕에는
서로를 향하여 곱게 무늬 지는 협주곡
소유하며 걷는 그 길에 피어나는 꽃으로
영원히 같이 있고 싶어요

꿈속에서 피는 꽃

당신의 꿈이 되고 싶어요
부끄러워 수줍기만 하던 밤
하얀 순결로 다가서고 싶어요
당신의 하얀 침대에는
천사의 향기가 그윽이 고인 듯
난초의 청결하고 우아한 숨결이
조용한 새벽하늘에 별이 됩니다

당신의 그리움이 되고 싶어요
당신 곁에서 사랑이 되고 싶어요
따사로운 당신의 그림자로 남고 싶어요

이른 아침 안개꽃을 가져다
당신의 침대 위에 꽂아 놓으며
상쾌하고 행복한 아침을 열어
잠이 덜 깬 당신의 이마에
신성한 사랑의 성호를 내리고
당신의 부드러운 손을 잡으며
하루를 아름답게 시작하고 싶어요

청순한 미의 언덕

내 사랑이 아플 때는
그리움의 유서를 쓰고 싶다
그대가 그렇게 아파하는데
내가 쓰는 시가 위안이 될 수 있을지
아쉬움으로 여명이 밝으면
새들이 먼저 그대 소식을 전한단다

천 년의 소나무가 쓰러질지라도
내 안에 박힌 영혼의 기둥은
너를 사랑하는 아픔으로 자라고
암벽에 새겨지는 파도의 자국으로
나는 너를 위해 쓰러지지 않고 싶다

어떤 고난에도 같이 있어야 할 사랑
너와 나의 별빛으로 스미는
파란 눈물일지라도
삭아서 너의 별일 수 있다면
한 송이 꽃으로 내려
애틋한 너의 가슴이고 싶다

애틋한 눈빛

그 사람은 온종일 나만 생각하는가 보다
눈 쌍꺼풀이 귀엽다든지
늘어 가는 주름이 걱정인지
적절한 치료도 권하며
참새처럼 외로운 껍질을 벗겨
알곡을 찾는 것인지
하루 종일 얘기하고 싶어
양지로 수놓는 근심의 그늘
오늘 하루도 그렇게 보냈는가 보다

나는 자연산으로 살고 싶지만
그 사람의 눈빛은 청춘을 원하고

살아오면서 수없이 흐른 상처를
놓아버린 강가에서
잠시 막연했던 행복으로
고달픈 순간에 한숨도 잊고

갈대처럼 흔들리다
끝없는 애원의 꿈도 바다에 이르면
노을처럼 붉어지기만 하는 가슴
내가 원하는 삶은 무엇이었을까

이제는 처음 돌아온 곳에서
절반으로 꺾여 진 황혼의 나이
귀한 것도 비워버려야 하는
아득한 먼 곳에서
살가운 음성은 잔잔하고
미안한 마음에 황홀해지는 마음
세월은 어쩔 수 없이 외롭고
인생은 갈 수 없어도 가야 하는 곳
밤하늘 별빛만 초롱초롱 빛난다

풀씨

어느 날 바람에 날려 온 풀씨
내 가슴에서 자라며 아픔이 되었다
내가 그대를 사랑하는 것은
그대의 가슴에서 멍울진 고통
풀씨는 내 피를 마시고 자란단다

어두운 창가에 서성이는 그 눈물은
방황의 덫에 걸려 무너져버린
일생의 창백한 차가운 달빛 그림자

풀씨가 자라 날카로운 잎으로
심장을 찔러올 때에는
버석거리며 달려드는 쇳소리 음향

그대 생각에 고독해지는 밤을 찾아
모닥불로 촉촉한 그 눈물을 말리며
내가 그대를 그리워한 것은
모진 아픔을 참아 이슬로 핀 꽃
부스러지지 않을 그 가슴이란다

당신의 의미

차분히 가라앉은 마음으로
세상의 아름다움을 가슴에 품고
노울 지는 밤에
당신은 찻잔의 은은한 향기로
새벽을 향해 깊은 사랑이 됩니다

밝고 아름답게 빛나는 당신의 이름
찬연한 꽃송이를 바라보다
밤이슬 내려
뜨락에 계절이 다시 옷을 벗으면

아름다운 별 하나 반짝이며
어둠에 그늘진 이들의 희망이 되고자
풀잎처럼 눕고 일어나
존재의 이유에 향유를 채우고
새롭게 부활하는 여명을 찾아
당신은
침묵으로 피어나는 하얀 꽃

은하수의 별

청한 물결에 백지로 떠가는
그리움이 있거든
그대의 노을로 잠들고 싶은 먼 하늘에
은하수의 별은 그대와 나의 거리
사랑은 사랑으로 맑은 영혼입니다

이슥토록 날을 지새워도
당신을 향한 그리움은 깊고
여명이 터오는 이슬 빛 향기 위로
살며시 내리는 거룩한 그대 모습
촛불로 당신의 빛이 될 수 있다면
우리가 최선을 다한 가슴에 무늬 지는 사랑

정한 수에 내리는 별빛으로
당신은 나의 고독 외로움 사랑
다가갈 수 없는 은하수에는
언제 어디서나 당신이 아롱집니다

그래요 같이 있어요, 원앙의 꿈으로
이뤄지지 않아도 좋을 사랑이라면
서로의 가슴에서 부서지는 영원한 그리움
나는 그대가 되고 그대는 내가 되어
넓은 바다에서
우리 은하수가 되어요
초롱초롱 별빛이 되어요

제5부

독새기풀

풀잎의 소리

풀 섶에 내리는 초가을 따사로운 햇살
식물들조차 떠나야 하는 기로에서
자연의 조화는 부드럽고 조용하기만 하다

초록에 젖어 살랑이던 색상도
이제는 조금씩 탈색되어
떠나야 한다는 운명을 알고
촘촘히 내민 씨앗의 강인한 의지
그 공간에 머무는 여운은
여유롭고 향기롭기만 하다

어쩌면 우리들 삶의 되돌림
잊어가는 현실과 미래를
침묵으로 깨우치게 하려
가장 낮은 곳에서
높은 곳을 향한 이상과 이념의 부표가
서로 어우러져 내는 어울림은
조화로운 바람의 작용인 듯
흔들리지 않는 것보다
숙연하게 살랑이는 속삭임이 정겹다

독새기풀

따뜻한 봄 들녘
푸른 하늘의 향기인지
새파랗게 일어나
바람에 나부끼는 가녀린 풀
농심의 능선 위로 잔정은 남아
민초들의 순정이 소박하게 살아난다

어진 백성들의 피와 뼈를 만들고
가난의 서러운 눈물도 씻어주고
모정으로 애타는 비원이 깃들여 진
넓은 들녘 독새기풀
푸른 기상은 애환으로 넘실거리며
희생의 덕이 되어 살아나는 숨결
모진 생명의 고비를 극복하고
참혹한 시련의 한을 아는지
독새기풀은 가뭄을 빨아 더욱 푸르다

가난한 백성들의 주름에 스며
내란과 외란 흉년의 어려운 고비마다
된장에 풀어 허기를 달래던 양식
엄동설한을 넘겨 기근의 계절 언덕에
가난을 극복한 서민의 현실이 보이고
지금 우리 세대에는 아득한 설화
인내의 끝은 참혹하고
생명의 거룩함은 달빛보다 차갑다

모음과 자음의 새로운 세계

무엇이 아쉬워 새벽에 떠나지 못한 별들이
부서져 내리는 듯 하는 빛살의 무늬
물결의 표면이 눈부신 가을날에
자음과 모음이 합성된
아름다운 언어의 교감은
찬란한 빛으로 물결 위해 노닐고
민초들의 눈망울을 초롱초롱 빛나게 한다

어려운 글자를 벗어나
모국어를 찾고 싶었던 겨레의 염원
수많은 선지식들이 밤을 새워 창조한
역사의 하늘에서
백의민족의 피는 그저 붉기만 하다

세계 어느 언어보다도 화려하고 우수한
민족의 모국어
어느 억압과 굴욕에서도

연꽃처럼 피어난 한민족의 숨결
아직 남과 북으로 갈라진 땅에서도
사투리를 품으며 희망으로 꿈틀 거리는 미래다

외국어가 필연인 세계에서도
한글은 유난히 빛난다

모음과 자음의 만남은
음양으로 생명을 창조하는 우주의 신비
견우와 직녀가 만나 염원을 이루듯
우리 민족이 하나가 되려는 뜨거운 가슴
이 강산의 뚜렷한 4계절의 수채화
우리 토양에서 피어나는 영원한 불멸의 불꽃
민족의 혼이 하나로 합성된 사랑이다

미래를 향한 약속

아직도 믿지 못할 나라 일본
가깝고 멀기만 한 그들의 정신세계는
항상 거리감과 괴리감이 공존한다

남과 북의 틈새를 교묘히 비집고 들어와
알 수 없는 야욕으로
음흉한 손을 내밀며
그대들의 의도가 빗나가면
야비한 정치 역공으로 국제질서를 유린하고
숨겨진 이빨을 드러내는 미소에는
지금도 국제전범의 과오를 잊은 건지
뻔뻔스럽기만 한 위정자들의 망언
경계하지 않으면 안 되는 이방인의 영토다

역사 왜곡으로 진정한 뿌리가 흔들리고
그 교과서로 공부하는 일본 교육의 정서는
늘 불안하고, 무슨 생각이 존재할까

진실을 탐구해야 할 학생들의 의식은
올바른 가치를 잃어가고
교육이 흔들리는 그 땅에는
지금도 불운과 불행의 그늘로 서리는 안개

할 수 있고 가능하다면 당장
먼 미래를 바라보며
아직은 서로 적국으로 대치하고 있지만
일본보다 더 굳건히 믿어야 하는
우리민족 남과 북
같은 뜻의 통일 염원으로 혼연일체
군사 평화수호조약이라도 실현시켜
위사 시 서로 축적된 막강한 국력으로
강대국들의 위협에 공동 대처
우리의 국토는 민족의 힘으로 지켜내는
지혜와 슬기가 절실히 요구되고
화합의 토대가 안타까운 현실이다

잃어버리는 신화

빠르게 변하는 세상에서
귀하게 정신의 지주가 되고
꼭 필요한 가치와 옳고 곧은 의식으로
영혼에 영양을 공급해주던
이슬 같고 보물 같은 빛들은 희석되고
쉽게 구하고 즐기며 버려도 아쉽지 않을
번개 같은 문화의 흐름이
인간의 두뇌를 정복하며 혼란을 주고 있다

인문학은 황금 주의에 탈색되고
종교조차 신성한 교감에서 흔들리는 믿음
극소수의 전유물이 된지 오래인 문학과 철학
종합 예술의 여유는 귀한 가치를 잃고
더 참혹상을 요구하고 있는 예술인의 땅이다

전문 직업으로 선택하면 어려운 생계
그래도 평생 쌓아온 경륜의 외길이기에

버릴 수 없는 마지막 희망의 빛

귀하게 선택되어 찾아지는 믿음보다
흔하게 버려지는 노을의 아쉬움 속에서
창작이나 예술의 진정성은
막연히 하늘에 개설되는
텅 빈 영혼에 쌓이는 울림의 계좌인지
축적되지 않아도 만족해야 하는
단풍의 산화로
쓸쓸히 걸어가는 가을 길에
적막은 낙엽처럼 쌓이고
찬바람은 겨울 창가에서 고독을 전하려는지
순결한 가슴을 열어 놓은 나무들의 소리

석양의 들녘

황금의 축배를 받으며 살아오지 않았지만
가물거리는 붉은 노을빛에
단풍이 물들어 오면
사랑도 눈물도
황금물결로 숙어지는 벼들의 고향 같더라

온 곳을 알았고
가야 하는 때를 알기에
하늘의 축복을 받으며
바람의 향기에 숙연해지는 들녘의 풍요로움
둑길에 난 풀꽃과
농부의 발 내음을 그리워하며
이제는 별빛마저 향기로워
보름달을 향해 초연히 기울면
백로의 하얀 가슴에 피던 꽃들
인생도 별반 다를 바 없더라

수많은 폭풍과 예상을 못하던 기후 앞에서도
바람과 좋은 날 흐린 날의 손을 잡고
타들어가는 가뭄 속에서도
오로 곳이 인내한 갈증의 흙 내음에
떠날 수 없었던 모진 자리 한 자락

허수아비의 소탈한 미소마저 수줍어
해가 황혼으로 기울면
푸르렀던 청춘도 이내 오간 곳 없고
산 노을에 해풍이 밀려오면
이내 돌아갈 수 없어 이슬을 기다리던 곳
황량한 들판에 선 초라한 그림자는
땀 내음만 남기고 석양처럼 기울어 가더라

무심한 사랑

생명이 끝나도 아름답고 소중한 건
우주의 공간에 남아
소금의 빛이 되어
들꽃의 향기로 또다시 꿈이 되리라

비바람 속에 잠들어도
눈보라 속에 멀어진다 해도
평소에 뿌려놓은 품위와 위엄은
푸른 구름으로 영혼을 깨우며
잊을 수 없는 눈물로 고여
어느 님의 심장에 푸른 신호등으로
세상을 밝고 맑게 채색하는
생명의 진실과 희망의 빛

모두가 힘들어 하고 고독해지는 인생길에서
별빛처럼 반짝이며
오로지 달을 향한 달맞이꽃처럼

숭고한 믿음의 정신은
새벽하늘을 깨워 이슬로 내리는
투명한 사랑의 노을일 것이다

모두가 떠난다 해도
늘 그리워지는 사무침의 능선에서
옹달샘의 물로 갈증을 적셔주려니
안온하고 유연한 정신의 향수는
안개꽃에 생명과 부활로
황무지에서 들꽃의 씨앗으로 잠들 것이다

성격 인격 품위에서 피어나는 꽃

꽃은 서로의 특성으로
향기와 모양이 제각기 다르고
새들은 저마다 터득한 방법으로 둥지를 틀어
습관에 적응된 성향으로 살아간다

인간에게도 저마다 특성이 있고
개성도 다르지만
쉽게 흥분하며 이성을 잃어
불필요한 감정을 드러내는
잘못된 습성은 성격 장애를 낳고
그로인해 잘못 형성된 거친 성격은
나와 남을 태우고
쌓아놓은 덕과 복 밭을 한 순간에 갈아엎는다

인격은 사유의 깊이에서
정화되어 빚어지는 무형의 빛
고요하고 소란스런 곳을 초월하여

흔들리지 않는데 초연하며
담연하게 우려진 깊은 차의 맛
발효되어 숙성의 과정을 거쳐
비로소 완성되는 내면의 힘으로
산그늘에 잠긴 호수같이
절정의 연꽃으로 완성되는 연못 같이
생명을 품은 모성처럼 온유하다

품위는 성격과 인격을 인내한 극치의 꽃
계절마다 피는 꽃은 고비를 넘기며
장애의 장벽을 순화한 물결처럼
애써 꾸미지 않아도 부담스럽지 않고
내성에서 우러난 깊은 차 향
흔적 없이 천 리를 가는 향기처럼 고요하여
죽어서도 남겨지는 영혼의 노을
고상하고 우아한 모습은
꽃에 앉은 나비처럼 늘 편하고 자유롭다

책 속에서

아름다운 시 한 편을 얻는다는 것은
이슬로 피는 영롱한 서정의 꽃

덕과 품위를 갖춘 작가와 인연이 되어
한 권의 서적을 소유할 수 있다면
헤아릴 수 없는 무궁한 희망
가슴에 정원을 꾸미는 영예이다

요즘 오욕락五欲樂을 탐하여
쾌락을 찾아 투자는 넉넉하고
책 한 권 소유하는 것에 인색한 문화
영혼의 양분을 축적하는 것보다
먹고 마시며 육신의 즐거움을 찾아
풍요롭게 공유되는 현실
자신을 비춰 관조 되는 책을 얻는다면
영혼을 맑게 밝히는 내면의 힘
사랑과 갈등은 언제나 하나

바른 선택의 미덕은 미래를 들춰본다
문화인의 수치는
재력으로 모두 관망하려는 어리석음
평생 모은 재물은 인연 따라
한순간에 티끌로 사라져도
정성껏 쌓은 며칠의 수양 공덕은
영원히 정신의 힘으로 지탱 되는 것
가파른 언덕을 넘어가고
불행과 행복을 초연히 내다보는 지혜
맑은 영혼은
가능성에 화답하는 하늘의 미소이다

인문학

소유의 욕심으로 꽃을 꺾을 수 있어도
은은한 향기는 꺾을 수 없다

약을 병으로 다스리고
병을 약으로 다스리는
걸림 없는 헤아림이 있다면
미움은 미움으로 극복되고
사랑은 사랑으로 피어나는 꽃
죽음은 처음과 끝도 죽음이 아닐 것이다

자신의 선택을 믿지 못하는 건
맑은 영혼을 소유하려는 미완의 경지
어리석은 잡념에 혼탁해져
고정되어 있는 관념에는
바람에 깃발이 흔들리는 것이 아니라
정처 없는 마음이 흔들렸던 것

보이지 않는 진실의 깊이에서
보이는 것으로만 터득한 진실의 이면에는
아직도 이르지 못한 섬세한 자연의 섭리
정신과 영혼의 향기 인문학은
꽃은 꺾일 수 있어도
은은한 향을 꺾을 수 없는 지성의 빛
쉬어가는 생명의 보금자리 숲의 양지이다

등촉의 축시

헤아리는 바다처럼
수많은 별빛으로 빛나는 마음
오늘 이 자리에 모여
단풍으로 곱게 물들고 있네

은혜로운 따스한 인연 속에
서로 바라보는 눈빛
희망으로 불타고
우리가 가야 할 멀고 먼 길
험난하고 힘겨워도
꿋꿋하게 일어서 손을 잡고
헤쳐 나가야 하는 우리의 굳은 신념

예술의 혼으로 어둠을 깨우며
모든 생명의 빛과 행복이 되어
선구자의 고독한 넋일지라도
새로운 희망의 등대 밝히고

찬연히 떠오르는 별빛으로
너의 가슴에 꽃의 아름다운 무늬가 되고
나의 가슴에 지워지지 않는 향기가 되어
사랑의 횃불로 서로를 향하여
끝까지 함께할 우리

번영만 있어라
생명의 근원으로 타올라 희망이 되어라
외면에 현혹되지 말고
진실한 내면에서 뜨겁게 흘리는
영롱한 이슬의 눈물이 되어라

파란 날의 날개

웃자란 나뭇가지 사이
파란 구름 아스라이 흘러가면
가을 풍경은 맑은 낭만으로
투명한 이슬을 가슴에 남기고
돌아보지 못한 허물은
고운 빛깔로 삶을 농익게 한다

바다는 땅보다 넓으며
바다보다 드넓은 건 하늘
하늘보다 더 넓은 것은
보이지 않고 만질 수 없고
내음도 없고 알 수 없는 무형의
생명들 숨결에 숨어있는 마음

무엇보다 소중한 눈물은
가을 하늘 닮으려 소리 없는 침묵으로
단풍처럼 물들려 하고

마음의 결심은 고뇌를 맑혀
새로운 세상을 알았음인 지
허영에 불타던 상처의 날개를 접고
청명한 하늘에 닿아
쓸쓸하게 깊어가는 계절 능선에서
자유로운 사색으로
높은 이상을 실어
실속 있는 한 순간을 알고
비로소 성숙한 비밀의 문을 연
아름다운 노래의 향기여

구름 속의 별

우물 안의 개구리는 살고 있는 것이 최고
두리번거려도 한 뼘 하늘이 좋다
깊은 우물을 바라보라
작은 달빛이 흘러가면
초롱초롱 별빛이 머물다 간다

봄 여름 가을 겨울 작은 공간에
아늑한 밀실을 만들고 제왕이 되어
우물 안에서 의젓한 호령으로
고독한 치술의 묘미를 즐기지만
따르는 무리가 없어 쓸쓸하다

그래서 제왕이다
남이 알던 모르던 혼자이니까
파랗게 슨 이끼를 보고 호령하고
누런 황금의 출현을 꿈꾸며
손바닥으로 하늘을 가리지만

세상 밖의 넓은 것을 몰라
가엾은 제왕이여

세상은 이미 우물 안의 비밀을 다 알고 있는데
개구리는 우물만 알고 혼자 최고다
이 눈치 저 눈치로 사는 삶이 옳은 지
세상이 어리석은 것인지
개구리가 어리석은지
뜨겁게 달아오르는 태양만 아는 일
새들은 그저 목만 축이고 갈뿐이다

기일

지나간 일들이 확연히 밝아지는
두 번째 어머니의 기일에
식구가 다 모였다

분분한 이야기로 불협화음도 있지만
그래도 다시 이어지는
어렵게 살아온 아득한 과거 이야기

우리 어머니들의 일생은
험난하기만 했던 암울한 시기
역사 환경 배경이 그랬었다
모진 풍파 속에
손등은 갈라지고
이마에 내린 주름살은
사랑을 다 내리지 못한 안타까움
다복하게 자식을 내리 낳으시고
산고가 채 가시기도 전에

들판과 야산 밭을 누비며
허리띠를 졸라매시던 어머니

어느 추운 겨울날 들판에 나가
이삭을 주워 오시던 당신의 가슴에는
자식들의 모습이 희망의 빛으로 밝아지고
어두운 길을 더듬어
마을 어귀에 들어오실 때
어머니의 몸은 한파로 얼었어도
그 모진 고통 숨기고
아궁이에 불을 지펴 밥을 지으시던 어머니

이제는 아련한 그리움의 촛불에
철이 들어 회한의 슬픔이 밀려올 때
어머니는 하늘나라에서
초롱초롱한 별빛으로 다가와
형제들끼리 다복하게 살라고
해맑은 미소를 남기시며 저 멀리 계신다

빛고을 광주에서

예향의 도시 빛고을 광주에는
무등산을 안고 유유히 흘러
영산강으로 가는 광주천이 있다

비할 데 없이 높은 산
등급을 매길 수 있는 산은
무등산의 간단한 유래
수많은 전설은 능선에서 더 푸르다

무등산에서 발원하여 흐르는 광주천에는
아직도 숨겨진 역사가 비밀을 안고
예술의 혼을 일깨워 살아 숨쉬는
빛고을의 사랑과 노래

초여름의 경계를 넘어 활엽수들은
그늘로 드리울 만큼 무성하고
머지않아 타오를 불볕 태양을 기다리며
길가에는 온통 꽃들의 축제로 환희롭다

제6부

새로운 아침의
들꽃 향

난정 향(蘭亭 香)

매화는 흰 눈이 좋아 청풍이 그립고
한겨울 삭풍 바다 낙조 위에 걸렸더라
묵향에 석인 정 솔잎처럼 푸르고
석양에 화답하는 잔에 봄눈도 푸르더라

새로운 아침의 들꽃 향

서로 어우러져 피던 꽃들도
아무 흔적 없이 떠난 겨울 동산
우리들의 인연도 그랬듯이
노을 속에 생명의 씨앗은 끈끈히 살아
다시 태양으로 솟아오를
화창한 봄날의 아침을 꿈꾸고 있다

누구 아프지 않은 삶이 있었던가?
고통과 실의의 순간을 보내지 않은
생명은 또 어디 있었던가?
풀잎처럼 눕고 풀잎처럼 일어난 세월
쌓이고 쌓여
하루와 한 해, 평생으로 남았는데
오로지 일생의 가슴에 심어보는 별 하나

냉정한 이성을 깨워 감동으로 물결치던
진한 눈물의 시간은

지친 영혼을 다시 정련하여
또 다른 활력의 빛이 되고
피보다 더 진하게 울컥 전율하여
보람찬 자아의 가치관으로
삶의 여력, 새로운 지표를 그린다

지난 과거는 다 잊어버리고
지순하게 열리는 하루의 아침은
누구에게도 주어지는 신성한 신의 선물
이제 황금의 위력이 우상을 만들지 말고
덕과 품위가 세상을 밝히는 횃불로
서로의 꽃이 되어
끝없는 기다림의 완성이었으면 좋으련만

그런 아침이 밝아오고 있다
새로운 희망과 사랑이 타오르고 있다

솔잎 향의 겨울

헤프고 인색하지 않게
성실하고 근면하게 최선을 다한 삶이라면
굳이 해와 세상이 바뀌어
송년을 보내고 새해가 온다 해도
새로운 결심이나 신념으로
색다른 계획 목표가 없어도 좋겠다

은연중 실천하는 내면의 힘으로
꾸준히 가는 슬기로운 삶
한결같은 좋은 습관이 배어
풍요로운 하루하루를 소유하고 나면
그 은은한 빛은
일 년이 되고 평생이 되는 것
사시사철 피어나는 꽃으로
외로운 그늘에서 뿌듯한 가슴도 거둘 것이다

우리의 험난한 인생의 항로에

그래도 빛나는 등대
없다고 부정하면 볼 수 없고
긍정의 효과로 바라보면
무궁한 희망의 초록물결 별빛 무지개
우리 곁에 영원히 머무는
산소와 햇빛 물, 바람 흙의 신비를
느끼지 못하고 사는 삶이라면
생명의 신성함을 잃고 이미 죽음으로 가는 길

가장 흔하다고 생각하는 것이 더 귀하고
가장 귀하다고 집착하는 것이 가장 흔한 것
세상은 돈으로 환산되는 가치의 명분보다
가장 귀한 것으로도 계산이 안 되는
수치의 값이 얼마든지 작용하는 법
현재 잘 익혀가는 좋은 생각과 습관은
꾸준한 미래 나의 거울일 것이다

송년의 교향곡

이제 보내야 하는 올 한해도
석양의 그늘 따라 정념의 사랑처럼 붉네

년 초부터 결심했던 각오
이룬 이도 있고
그렇지 못한 아쉬움도 있지만
불붙은 참나무 장작에 향유를 부으며
다 태워야 할지
아니면 숯으로 남겨둬야 할지
고뇌의 정련 시간도
이제는 모두 잊어버리고
정갈하게 마음을 내려놓으며
그냥 홀연하게 채우는 감사와 은혜로
다시 맞이해야 할 한 해

서로의 격정과 슬픔 아픔도
행복과 환희 기쁨 사랑도

잘 가라 다독거려 물처럼 흘려보내며
내면의 깊이에 묻어둬야 할 시간

깊은 호수는 달빛을 품어 말이 없고
강과 바다는 다시 만나
우주의 깊은 사연 헤아리는데
태양은 떠올라 석양으로 기울고
새로운 부활을 염원하는 희망의 무지개
누구의 가슴이고 행복이려나

겨울비와 낙화

푸르기만 하던 창가에서 외로운 시어들이
단풍으로 내리는 겨울의 초입
삶의 한 부분도 낙화되어
동면에 적응하려는 듯
지난날의 푸른 일기도
바람에 흔들리며 지워지고 있다

시달림의 언덕에서 절망을 희망으로 치유하며
열린 창 사이로 푸르던 숲의 비경
누워서 망연히 바라보다
은밀히 향기로 돋아나는 푸른 내음에
깊은 행복의 비밀을 발견하고
푸르렀던 지난날은
그래도 소중한 삶의 순간들이다

황금보다 귀한 시간들이 고여
풀풀 바람에 날리는 나뭇잎에는

침묵으로 응고된 모진 세월이
이제는 단아한 휴식으로
보이지 않는 미래를 사유하라고
이별은 또 하나의 시작이라고
아름다운 선율로 눈가에 이슬을 적시려 한다

언젠가는 떠난 것들도 다시 돌아오리라
바람을 여과하여 계절에 순응하는
황홀한 빛깔의 쓸쓸한 향연
인생도 거울처럼 맑게 떠나야 하는 사연에
육신의 행복보다
허기로 영혼의 공간에 내리는
소리 없는 자연의 위대한 유산
밤은 길지만 긴만큼 아침은 신성하고
낮의 시간이 다하면 다시 어두워지는 날들
계절이 지나가는 곳에서도
언제나 이상의 나무는 침잠하여 푸르겠구나

시인의 정원

만선滿船에 낙조가 깃들면
세상은 노을빛으로 곱고
수평선에 내리는 달과 별
소란스럽던 세상도 고요함 속 숙연하게
하루의 순리에 적응 멀어지고 다가온다

그냥 운명처럼 자연이 좋아 자연적 생명
물과 구름 벗 삼아 자연을 누리고픈 생명
세상의 풍파 힘겹고 고뇌苦惱스러워
마음의 경지를 구하려 자연으로 회귀하는 생명
힘은 유순하게 적응하는 상서로움이 좋고
자유롭게 지저귀는 새들
절기 따라 피고 지는 꽃은 우주의 근원

깊은 산 오지에 자리 잡은
시인의 텃밭에도 이제는 어둠이 내리겠다
그렇게 확연하게 솟아있던 준령들도

어둠에 가려 묘연해진 흔적
달빛은 뜰에 숨겨진 거미줄 틈새에
초롱초롱 별빛을 걸어두고
밤새 깊어진 이슬 여명을 흔들어
산 능선 고요한 적막 속으로
황홀한 태양 하나 밀어 올리겠다

백야 청정(白夜 淸淨)

먹을 갈고 붓을 듦은 선정의 경계
달 밝은 밤 허물없이 피는 꽃이련만
검은 점 내리면 매화는 절로 핀다네

홀로 앉아 그려보는 백발의 홍안
어느덧 동산의 하얀 목련일세
봄이 온다 말 마소 겨울도 온다네

단아한 사랑은 순백한 백일홍
머물다 떠나는 신선은 심중에 남아
갈잎마다 새겨지는 무상한 세월

삶의 농도

빠르지도 느리지도 않은
계곡물의 흐름을 보면
그냥 편안한 느낌이 좋다

폭포처럼 쏟아지는 힘의 철학도
홍수처럼 다 쓸어가는 물의 사나움도
오래 고여 흐르지 않는 물도
나름대로 의미는 있겠지만

담수 같이 푸른 하늘을 안고 흐르는
섬세한 조율 안온한 유속에
마음을 비추면
유순하게 반응하는 물의 속삭임

내 마음도 물처럼 흐른다
속살 깊은 내 안의 소리도 들린다

고요한 눈물

마지막 숨결마저 곱게 숙여
찬바람에도 부대끼는 마지막 잎새
숨겨진 사랑은 저토록 아름답고
떠나가는 모습도 황홀한 것인가

석양 따라 돌아눕는 흔들림에
붉은 단풍으로 한 계절을 만나
이제 다시 보내야 하는 계절에서
진실의 울림은 소리 없는 침묵으로 다가와
만 가지 고뇌의 이슬을 적셔
보이지 않는 손을 내민다

조용히 눈을 감고 멈춰보는 호흡 속에
마음의 문이 열리며 가슴에서 타는 불길
보이지 않는 것조차 훤해지는
가녀린 갈대의 눈물 속에
일생의 가느다란 협주곡은

너의 한 고독에서 내가 울고
나의 한숨에서 번지는 애달픈 사랑

기어이 가야 한다기에 잡을 수 없는
외로운 이별에서
한 가닥 희망을 알고
따뜻한 눈물에서 만나는 애틋한 분노
이제 그대는 내게 돌아와 별이 되고
나는 앙상한 가지로 그대의 등대가 되리

동면의 끝자락

이제 겨울의 끝에서
매화 설연화 동백꽃이 피어나고
눈보라 속에 푸른 잎의 정절 인동초
언 가슴을 열어
꽃 필 초여름을 기다리겠다

겨울을 견디고 살아난 초목들도
뿌리에 힘을 돋우고
동면에서 깨어나
물기를 채우는 황금빛 줄기 속에
매섭던 찬바람은 온유해지고
입춘을 향한 모두의 꿈에서
진하게 숙성되어가는 포도주의 깊은 맛

나른한 목을 축여
선잠에서 깨어난 농부의 새벽 기침 소리는
홰를 치는 수탉의 볏 위에서
싸락눈으로 희어지고
다가올 봄을 향해
흐르는 세월은 다시 오늘이 되는구나

순정의 산야

오늘같이 눈이 내리는 날엔
적어보고 싶은 천사의 교향곡

수북하게 눈이 쌓인 겹 길에서
순수한 사랑을 찾아
길 없는 길에서
새로운 길을 찾아
생각 없이 무념의 색상이 무엇인지
공허한 가슴에 새겨보고 싶은
또 다른 색상
하얀 스카프에 그려보고 싶은 사랑도 있다

야생초의 설원

바라보는 노을빛에
두근거리는 심장은 불타고
산마루에 걸린 일몰의 흔적
그리움의 빛깔로 여울진다

잔설의 흰옷을 걸친 준령의 산은
드러난 전신 하얗게 감싸고

새로워진다는 것은 다 벗어
알몸으로 티끌 하나 없이
자연에 순응하려는 인고의 약속

모든 것 다 수용하여
그윽이 눈을 감아버린
여심의 황홀한 밤의 유혹 속으로
농염한 애욕의 이성도
갈꽃처럼 부드러워지면
야생초의 푸른 꿈은
초경을 끝낸 순결을 향해
심장에서 동백꽃으로 붉게 피어난다

향과 초

인품이 청청하면 하늘조차 드넓고

가는 길 어두우면 달빛이 어리네

매화 향 자랑하려거든 거울을 보소

모두가 내 허물로 비치는 맑은 달빛

인사동 시가연(*詩歌演)

수많은 묵객이 붓을 벼리고
수많은 예술가의 고뇌가
책갈피 속에 공허하게 묻어있을
인사동 골목 찻집

시가 없어도
음악이 없어도
연극이 없어도
따뜻한 정만 흐르면 된다

연잎에 찰 지게 싸여 나오는 연밥은
생명의 끈끈한 정
서로의 사랑은 헤프지 않아 아름다운 것이다

우리가 살아가는 땅
민족의 한 많은 정서는 그리움과 정
나는 그대들의 꿈으로

그대들은 나의 희망으로
해맑은 영혼의 그림자에도
곰팡이가 슬었을
전통이 흐르는 물결을 따라
시가연에 따뜻한 마음만 흐르면 된다.

*인사동에 있는 아늑한 찻집겸 카페.

행복한 참회(懺悔)

모든 것이 저의 잘못 이었습니다
제가 옳았어도 저의 잘못 이었습니다
은혜로운 것은 다 주고도 아름다웠고
고맙다는 표현조차 쑥스러워
넉넉한 여유로 온화한 미소

욕심을 버리고 비운 마음은
님의 거리와 친근하게 더 가까워지고
세상의 어떤 두려움과 무서움도
초월할 용기와 힘이었기에
바다처럼 아늑한 그리움 이었습니다
광활한 대지에 계절 따라서 오가는 것은
진리의 화신 이었습니다

돌 틈을 비집고 나온 들꽃은
생명의 부활로 겸손을
징그럽게 생각한 벌레조차 귀중한 것은

공존의 의미를
하늘을 향해 자유로운 새는
꿈과 희망을
이 세상 모든 것은
같이 존재해야 할 믿음의 이유

이제는 알았습니다
옳고 그름은 상대성 주관이며
인생의 정답은 명료하지 않아
운명의 물결에서 속박이 아니라
선택의 자유라는 것을
내가 편해지려는 게으름에
불편함을 극복하지 않으려는 것은
편협심에서 일어나는 고뇌

하늘은 푸르고 맑기만 합니다
숲은 정화된 신선한 아침을 약속합니다
바다는 한결같이 사랑을 부르고
대지는 만물을 키워 모성의 근원을
신비로운 경지는
새로운 결심의 요람으로 밝아 옵니다

전염병의 반란

인류가 살아오며 간혹 맞이하는
정체를 알 수 없는 새로운 전염병
수많은 민초들이 어육이 되어
불에 태워지고 웅덩이에 매몰되어
가족과 이웃이 생이별을 겪기도 했다

얼마 전에는 돼지 콜레라로
중국에서 1억여만 마리가 매몰되고
우리 땅에서도 수많은 생명이
집단 살 처분되기도 했던 지옥의 아비규환阿鼻叫喚
구제역 조류인플루엔자
한번 발병하면 축사는 초토화되고
오염과 폐허로 변하는 생활의 터전
질보다 양을 선택한 인위적인 과욕에
아파하는 자연의 도전인지 모른다

메르스 싸스 코로나 19
희귀한 정체의 바이러스가

이제 인간의 경계를 허물며
UN보건기구에 신종 병명과 내력이 기록되고
인간의 한계를 저울질 하고 있다

역대 전염병은 정복되었다 하나
새롭게 창궐하여 접근하는 빨간 경계선
인류의 과도한 상식에 반역이라도 하는 듯
모험의 궤도를 측량이라도 하듯
소리와 냄새 모양 없이 다가오는
검은 그림자는 정말 냉정하기만 하다

산수 강산이 수려하여 청정했을 적
언제 물과 공기를 사 마시고
살아야 한다는 미래를 생각했을까
인간으로 인해 병든 지구가 몸부림이라도 치듯
흙속에서 뽑아낸 지하자원이 합성되어 사용되다
시간이 흐르면 그대로 적체되어
쓰레기로 환경을 황폐화시키고
독초들은 군락을 이뤄 자생으로 번식하며
지금은 코와 입을 가린 사람들이
서로 격리되어 슬픈 경계의 눈빛으로
서로를 멀리서 바라보고 있다

지혜롭게 바이러스를 극복하는 힘

몸과 마음을 정결하게 하고
되바라진 새가 필요 없이 날다
그물에 걸리는 것처럼
필요 이상 난잡한 활동을 줄이고
사색의 창가에서 내공을 쌓으며
불필요한 말을 줄여 내면을 여과하면
전염병도 그렇게 두렵지 않을 것이다

네 탓 내 탓 답이 없는 명분의 망상에
스스로 결점을 보이지 말고
나도 몰래 감염되어 격리된 환자님들께
빠른 쾌유와 건강의 기원을
전염병의 사지에서 희생하는 분들께
감사한 마음을 가지면
시시비비는 절로 내 안에서
면역력을 높여주는 보이지 않는 힘이 되리라

이제 국제화의 세계에서 공존해야하는
인류의문명은 빠른 속도로 거리를 좁혔고
황폐화돼가는 지구의 병든 공간에
인간의 과욕이 만들어내는 신종 바이러스
국가와 국가 탓도 아니며
인류가 함께 풀어가야 하는 숙제이다

병이 있으면 반드시 약도 있다
지구와 자연은 함께 노력하자고 말한다
시련이 있으면 극복할 의무도 있다고
서로가 격리되는 의혹의 마음보다
서로를 격려하는 화합이 지금은 묘약이다.

2020년 봄

봄을 빼앗아 간 코로나 19 바이러스가
인류를 쓰러뜨리고
바닥으로 침잠한 인류를
새로운 방법으로 일으키고 있다
모양도 정체도 드러나지 않는 것이
인류의 코와 입을 항복의 깃발로 밀봉하고
가치를 비운 침묵의 황금 잔에
가치 있는 황금 알을 부화시키려는 듯
고요히 격리 공간을 넘나들며
적극적인 여유 거리 유지를 선언하고 있다

스포츠 문화 산업 경제의 발목을 거머쥐고
소리 없는 총성으로
세계의 하늘과 바다 육지의 경계를 점령하며
교역과 교류를 차단하는 미생물은
모두가 즐기고 싶어 하는 자연의 향연에
고독의 향기를 요구하고 있는지도 모른다

어떤 경고의 외침일까

물질적으로 풍요롭고 범람하는 인류의 삶에

흑돌로 승부수를 던진 무리수 알까

인류는 불계패를 선언하지 않았지만

그 정체를 모르는 밀 입자의 비밀에

추측은 하지만 정답을 구하지 못하는 긴 시간

새로운 방법을 찾아 적응하며 응용되는

성공과 실패의 능선을 넘나들고

인간의 한계를 분주하게 깨우치며

새로운 도전과 문화를 정립시키고 있다

인생을 말하는 그림, 사랑을 그리는 시

최 봉 희(시조시인, 평론가, 글벗 편집주간)

　시는 말하는 그림이다. 즉, 시적공간을 하나의 그림처럼 구체적이고 선명하게 느끼고 체험할 수가 있어야한다. 바꾸어 말하면, 시는 사물적 측면 없이는 현실화되지 않는다.
　동양에서는 시와 그림을 동일시하는 전통이 있다. 이는 송나라의 시인이자 화가인 소식(蘇軾)의 '시중유화, 화중유시(詩中有畵 畵中有詩)'라는 말에서 비롯되었다. 소식이 당나라의 시인이자 화가인 왕유(王維)의 시와 그림을 감상하며 "시 속에 그림이 있고, 그림 속에 시가 있다"고 말한 데서 유래한다. 우리나라에서도 조선 초기 시인이자 학자인 진일재(眞逸齋) 성간(成侃 1427~1456) 역시 강희안의 그림을 보고 지은 시 작품 '기강경우(寄姜景遇: 경우 강희안에게 보낸다)'라는 글을 통해 '시는 소리 있는 그림이요, 그림은 소리 없는 시이니, 예로부터 시와 그림은 일치되어 있어서, 그 경중을 조그만 차이로도 가를 수 없네(詩爲有

聲畵 畵乃無聲詩 古來詩畵爲一致 輕重未可分毫釐)'라는 글을 남겼다.

 시의 세계에서 추구하는 가치들 예컨대 사랑, 우정, 자유, 평화 등은 하나같이 사물적 측면이 아닌 관념의 것들이다. 그 가치들이 실재해야만 비로소 진리가 되는 것이다. 이런 시적가치들을 실재화하기 위해 가능한 한 사물을 생리적으로 인식을 해야 한다. 일반적으로 사물을 인식하는 방법에는 생리적인 방법과 심리적인 방법이 있다. 생리적 방법이 보다 구체적이고 객관적이라면 심리적 방법은 추상적이고 주관적이다.

 우리는 생리적 인식을 통해 멀리 있는 사물은 작게 보이고 가까이 있는 사물은 크게 보이는 법이다. 시를 쓸 때 생리적 인식으로 얻은 순간들을 포착하여 2차원의 화폭에 담아낸다. 그런 다음 생명력을 불어넣어 3차원의 실재를 구현한다.

 이처럼 관능과 직관을 중요시 하면서 인생을 시로 그리는 시인이 있다. 바로 황규헌 시인이다.

　산과 들은 시를 써놓고 그림을 그려 놓았다
　조용히 감상하며
　가을 정서와 사색에 잠기노라면
　어느덧 젖어오는 단풍의 이슬
　눈가엔 낙엽의 서곡이 아련하다

천연색으로 마감된 그림
바람에 나부끼는 한 줄의 고운 시
붓끝의 획으로 내려지는 묵화
맑은 물은 흘러만 가는데
가슴은 잠시 멎어 호흡을 고르고
무상한 세월의 흐름에
길을 잃은 이정표를 남길 뿐이다

무엇을 쓰고 그리고 표현하려 애를 쓰는가
자연적으로 완성되는 천 년의 예술
애틋한 이성으로 청결해지면
온 산하가 서로의 공감의 언어
교감으로 채색 되는 서로의 사랑인 것을
– 시 「가을 엽서」 전문

시 「가을 엽서」에 수놓은 그림처럼 그의 시는 한편의 말하는 그림이요. 시 속에 그림을 그리고 있는 듯하다. 산과 들을 직면하면서 사색에 잠기고 애틋한 이성으로 청결의 언어, 공감의 언어, 사랑의 언어로 천연색의 아름다운 그림을 그리고 있는 것이다. 어느덧 황 시인은 열 번째 시집을 상재했다.

황 시인은 자신의 주관적인 이야기나 보통 사람이 이해

못할 어려운 이야기는 쓰지 않는다. 산길을 걷다가 발길에 차이는 낙엽이나 길가에 피어난 들꽃은 물론이고 작고 보잘것없는 사물을 사랑의 붓으로 그려낸다.

    수많은 생각이 모여
    삶의 희로애락으로 빗물이 되어 흐르던
    숲속의 바람 곁으로
    무심한 계절은 철따라 변하고
    구절초의 언덕 위에서
    시간의 결실은 열매로 아물고 있다

    아직 여름의 열기가 가시지 않은
    초가을의 따사로움
    홀로 앉아 먼 하늘 바라보면
    돌고 도는 세상의 순환
    억새가 고개 숙인 비탈에는
    세월을 숙성시켜 서있는 아름드리 소나무
    – 시 「산길의 오후」 중에서

길가에 아무렇게나 피어있는 들꽃과 나무에도 우리 인간과 마찬가지로 저 아득한 우주로부터 나왔다. 별의 중심부에서 사람도 나오고, 꽃도 나오고, 돌멩이도 나온다. 대상을 바라보는 시각은 사랑의 철학으로 생명을 그리고 있다. 그 기법은 시각적으로 혹은 후각적, 촉각적인 감각으로 치환하여 표현한다.

누가 그 정신세계를 알리오
고장 난 모래시계 같은 슬픔
무능력 소유자로 인증된
비판의 고독 앞에서도 담연하고
현실보다 앞서가는 5차원의 세계
정말 미친것 같고 참혹한 생명력이다

애써 달래려고 하지 말라
지독한 정신의 고뇌를
무게를 재려 하지 말아라
혼자 행복해 하는 심연의 깊이를

미쳐있다 보면 우주가 열리고
사랑하다 보면 아픈 가슴
아무도 모른다, 그 혼자만의 서정
— 시 「달빛언덕의 서정」 중에서

이와 같이 세상의 모든 것들, 모든 순간들에게 생명을 부여하다 보면 아름다운 서정의 세계, 상상의 세계가 열린다.

그 세계는 모든 것을 담은 우주적인 세계이기도 하다.

황규헌 시인의 시의 주제는 감히 '사랑'이라고 말하고 싶
다. 사랑의 시작은 인간과 사물에 대한 따뜻한 관심으로부
터 나오기 때문이다. 인간뿐만 아니라 우리와 함께 공존하
고 있는 모든 사물에 대한 사랑이 그가 추구하는 문학세계
의 구심이자 원심이 아닐까?

그런 의미에서 황규헌의 시 세계를 나는 '인생을 말하는
그림, 사랑을 그리는 시'로 감히 규정하고 싶다.

이른 봄
설레며 아름다움으로 그려보던 세상
꽃길의 거미줄에서
투명한 이슬을 운명인 듯 바라보며
묵묵히 지나온 인생길에는
눈부신 조약돌의 빛살같이
이별은 생각지 않았어도
외로움으로 지는 곱기만 한 낙화

이제 주고받을 것도
남기고 가져갈 것도 없는
가을의 능선에서
하롱하롱 지는 꽃잎을 찾아
우리들의 정은 흔들리는 갈꽃처럼

가고 오는 존재의 의미를 인내한
파란 하늘이 되어
이슬로 젖어드는 아름다운 사랑
– 시 「마음의 들꽃」 중에서

 이번 시집에도 '사랑'이란 어휘가 54회 등장한다. 그 사랑
은 '불타는 사랑'이면서 '아프고 애절한 사랑', '고독한 사
랑', '지순한 사랑', '우주적인 사랑'이었다. 그 사랑에는 사
랑의 아픔에 대한 뜨거운 성찰도 있고, 열정적인 흠모도
있으며, 희망을 담은 긍정적인 사랑도 담겨 있다.

그녀의 가슴에 무늬진 단풍도
이제는 첫서리에 힘을 잃고
부는 바람조차 부담스러운 듯
겸허히 내리려
더 곱게 타오르고 있다

아침 언덕에서 다정하던 들꽃도
향기를 잃은 채 연정으로 불타고
그녀는 샴푸와 린스 없이 샤워를 끝낸다

은밀히 부푼 가슴에 설레던 소녀는
그만 수줍음에 얼굴을 붉힌다

단풍 노을 사랑 그리움
초경을 경험하고 사랑이 붉을 것이라는 예감
그것이 아픔이었는지 모른다
- 시 「불타는 가슴」 중에서

그의 시를 구성하는 사랑의 요소들을 다양하다. 용기와
희망을 주는 시도 있고, 사랑과 고독, 고뇌에 찬 아픔과 외
로움, 아픔을 극복하는 사색의 시도 있다. 시인이 추구하는
사물에 대한 다양한 인식은 다양하지만 시인이 꿈꾸는 세
상, 깊은 사색을 담은 촛불같은 성찰 속에서 희망과 극복,
평화의 시심을 담고 있다.
그의 시심을 들여다볼 수 있는 또 다른 시를 살펴보자.

그대들이 나를 떠나려 할 때
나는 간절히 그대들을 소원했고
내가 그대들을 버리려 할 때
그대들의 기다림과 우주 같은 사랑
촛불로 가물거리는 꿈들이 휘청거리며
길을 잃고 방황할 때
그대들은 연인처럼 다가와
부표처럼 솟아나는 어두운 하늘 등대였다
- 시 「그대들의 나는」 중에서

앞에서 언급한 것처럼 황규헌 시의 핵심 언어는 사랑이다. 이를 한마디로 '인생의 촛불을 밝히는 사랑'이라고 말하고 싶다. 그 사랑은 힘겨울 때 '촛불로 밝힌 사랑', '희망을 지닌 사랑', '지순한 사랑'이며, '평화를 갈망하는 사랑'이라고 말하고 싶다.

> 맑은 눈과 귀가 향기로 열리기를 바라는 마음
> 홰를 치는 수탉의 직감 속에 열리는
> 찬란한 바다에는 희망이 있고
> 시간과 공간을 초월한 예지는
> 우리 모두 천 년의 파노라마
> 촛불처럼 타오르는 의미로 고적하지만
> 등진 태양 아래 후광의 그늘에는
> 다시 피워내고야 말 가슴의 모닥불
> 부푼 가지에 둥지를 튼 우리들의 세계에는
> 따뜻한 정만 흐르네
> 지순한 사랑만 눈처럼 쌓이네
>   - 시 「바다의 향연」 중에서

그가 추구하는 사랑은 분명 애달프고, 외롭고, 슬픈 사랑이기도 하지만 생명의 본질을 추구하는 밝은 사랑이기도 하다. 그것은 자연의 진리이고 순리이면서도 신비로운 사랑이기 때문이다.

인간은 땅을 딛고 살아야 하고
철새들의 야성은
물 위에서 빛날 수 있는가 보다
서로의 격정에 애달픈 사랑
생명의 본질은 어긋나는 것이 아니라
서로를 관조하고 이해하는데
자연의 진리는 신비로운가 보다
 – 시 「철새들의 교향곡」 중에서

 그 사랑은 또한 뜨거운 불꽃은 자연과 하나 되는 사랑이다. 마치 쇳물을 정제하듯 부활하는 희망이고 다른 세계를 열어하는 태양의 빛이라고 말한다.

냄새도 모양도 없는 것이
극약보다 더 독하고
깊은 마음속에서 피어나는
사랑의 뜨거운 불꽃은
파도처럼 솟아올라
자연의 경이로운 일체가 되고

쇳물로 영혼을 정련하여
또다시 부활하는 희망의 사막

인간 한계를 극복하려는
자신과의 싸움에서
사랑과 고독은 붉게 생명을 깨우며
다른 세계를 열어가는 태양의 빛이다
- 시 「눈보라 속의 붉은 장미」

 그의 사랑은 또한 우주적인 사랑이다. 사랑으로 맑은 영
혼, 은하수처럼 초롱초롱 빛나는 사랑인 것이다. 비록 이루
어지지 않는 슬픈 사랑이라도 은하수의 별처럼 내가 그가
되고 그가 내가 되는 그렇게 빛나고 싶은 사랑이다.

이슥토록 날을 지새워도
당신을 향한 그리움은 깊고
여명이 터오는 이슬 빛 향기 위로
살며시 내리는 거룩한 그대 모습
촛불로 당신의 빛이 될 수 있다면
우리가 최선을 다한 가슴에 무늬 지는 사랑

(중략)

그래요 같이 있어요, 원앙의 꿈으로
이뤄지지 않아도 좋을 사랑이라면
서로의 가슴에서 부서지는 영원한 그리움

나는 그대가 되고 그대는 내가 되어
넓은 바다에서
우리 은하수가 되어요
초롱초롱 별빛이 되어요
– 시 「은하수의 별」 중에서

 황규헌 시인은 1992년 첫 시집 『외로움의 초상』을 출간한 지 28년이 된 오늘에 이르러 열 번째 시집을 상재했다. 우리 문단에서 다양한 문학활동을 통해서 심사위원으로 혹은 문학도를 양성하는 문예대학 교수로 활동하고 있다. 더불어 끊임없는 그의 열정적인 창작활동에 존경의 마음을 표한다.
 오늘 그가 '시로 그린 그림, 사랑을 그리는 시'는 우리 가슴에 각인되어 오래도록 그 여운이 남을 것이라 확신한다.

 끝으로 문단의 대선배님의 글을 읽고 논하는 후배의 졸필이 많이 부끄럽고 민망하다. 오로지 황규헌 시인의 시심을 배우고 익히겠다는 열망에서 시작된 열정이었음을 이해해주길 소망한다.
 황규헌 시인의 창작 열정을 끊임없이 응원한다. 글벗문학회와 함께하는 영원한 글벗으로 문운이 활짝 꽃피우길 기원한다.

■ 글벗시선 114 황규헌 열 번째 시집

석양의 들녘

초판인쇄 2020년 10월 30일
초판발행 2020년 10월 30일
지 은 이 황 규 헌
펴 낸 이 한 주 희
펴 낸 곳 도서출판 글벗
출판등록 2007. 10. 29(제406-2007-100호)
주　　소 경기도 파주시 와석순환로 16,(야당동)
　　　　　롯데캐슬파크타운 905동 1104호
홈페이지 http://guelbut.co.kr
E-mail juhee6305@hanmail.net
전화번호 031-957-1461
팩　　스 031-957-7319
가　　격 15,000원
I S B N 978-89-6533-155-1 04810

* 잘못된 책은 바꿔 드립니다.